告别平庸

改写你的人生剧本

二次元猫小姐／著

百花洲文艺出版社
BAIHUAZHOU LITERATURE AND ART PRESS

图书在版编目（CIP）数据

告别平庸 ： 改写你的人生剧本 / 二次元猫小姐著
. — 南昌 ： 百花洲文艺出版社， 2019.8
ISBN 978-7-5500-3320-7

Ⅰ. ①告… Ⅱ. ①二… Ⅲ. ①散文集－中国－当代
Ⅳ. ① I267

中国版本图书馆 CIP 数据核字（2019）第 157440 号

告别平庸：改写你的人生剧本

二次元猫小姐 著

责任编辑	李梦琦
封面设计	木 木
出版发行	百花洲文艺出版社
社 址	南昌市红谷滩新区世贸路 898 博能中心一期 A 座 20 楼
邮 编	330038
经 销	全国新华书店
印 刷	三河市金元印装有限公司
开 本	880mm×1230mm 1/32
印 张	10
版 次	2019 年 10 月第 1 版第 1 次印刷
字 数	227 千字
书 号	ISBN 978-7-5500-3320-7
定 价	42.00 元

赣版权登字 05-2019-176

邮购联系 0791-86895108
网 址 http://www.bhzwy.com

与有能量的人同行

二次元猫小姐是我的写作训练营二期学员。在训练营里看到她，我有几分惊讶，因为她写的已经够好了。认识她之前，我在很多公号里看到过她的文章，包括《人民日报》等现象级平台。

这样一位猫小姐，还在努力学习和进取，让做导师的我，有了更大的责任和压力。

她的公号名叫“猫姐能量圈”，能量两个字，贴切地概括了二次元猫小姐的人与文章。

在写作训练营里，她是活跃的存在，对同学热情，经常给予他人建议；在文章里，猫小姐更像一位知心少女，擅于从生活的点点滴滴里，发现力量，予人能量。

她会告诉读者，自己四点半起床写作；也会告诉读者，当能力配不上舒适的生活时，安逸必定让你付出极大的代价。

二次元猫小姐的文章如她本人一样，十分年轻。有人说，中年易丧，其实人到中年，既没时间去浪，也没时间去丧，中年人在鸡零狗碎的生活里，像一只勇往直前的饺子。年轻人，因为还有时间、有选择，才有能力去浪、去丧。

在很丧的时候，我们需要一个朋友，将她身边的故事娓娓道来：爱贪小便宜的杰西，热心快肠的珊珊，喜欢说教的方方，安于享乐的优优，等等等等这些普通而平凡的年轻人，既像我们的兄弟姐妹，又像藏在我们内心深处的另一个自己。

这些文字，像镜子一样照出我们的懒惰与狭隘，提醒年轻的岁月看似漫长，却不可蹉跎。

人生是一个能量场，你能走多远，走多高，是否具备抗击生活暴击和在平凡中获得幸福的能力，取决于你的能量。

我的书桌上常年有鲜花，即使武汉最热的夏天，玫瑰和洋桔梗只能保鲜两天，我也从不间断。因为鲜花给我能量，让我在枯燥的写作之余，看到生命的美与绽放。

我选择跟有能量的一切在一起，很少穿高跟鞋，因为能力有限，无法穿着高跟鞋健步如飞。买衣服也强调流畅的线条和动感的裁剪，能让我在举手投足之间，能量满满。

正如设计师山本耀司所言：一件美好的衣服，能看到风在其中游荡的感觉。

能量，既有向上的成长，也是自由的舒展。

同理，我们也需要有能量的文字，如果可能，选择与有能量的人同行。在这种向上的指引中，慢慢把年轻时的丧，变成耐得住岁月磨砺的有始有终与不疾不徐。

二次元猫小姐的这本书，是一个有能量的人写出的，有能量的文字。

艾小羊

（知名作家，写作导师，生活研究者，清唱成长平台创始人，公号：我是艾小羊）

目录
CONTENTS

认知篇

认知有限，大多源自于生活模式的单一。

所有的舒适，都是要付出代价的/002

世界那么大，你看到了多少/007

别拿瞎忙当勤奋/013

承认自己无知，并不丢人/017

优秀的人，从不害怕自己的缺点/021

别只是假装爱读书/025

眼睛看得有多远，双脚才能走多远/030

事情的好与坏，就在一念之间/034

视线放长一点，事情就小一点/038

寒门不可怕，千万别寒心/043

心态篇

人生最大的挑战从来都不是别人，而是自己。

人生没有过不去的坎/048

你对待世界的态度，就是世界对你的态度/052

有本事的人，都不张扬/057

爱抱怨的人，运气都不太好/061

心态好的人，运气都不会太差/065

越怕输，越活得辛苦/070

不把困难当不幸，你才不会认命/074

别人的看法，真没那么重要/078

把幸福寄托在别人身上，是最愚蠢的行为/083

懂得和自己相处，才能活得通透/087

你有让自己幸福的能力吗？/092

成长篇

努力能带给我们更多选择的权利，这就是努力的意义。

成功不是一步登天，而是聚沙成塔/098

你不负光阴，光阴才不会负你/103

起点低怕什么，大不了加倍努力/108

成功路上，并没有你想象中那么拥挤/113

学历曾让我抬不起头，学习力却让我直得起腰/117

行动，是对抗焦虑的唯一办法/122

今天的懈怠，都会变成明天打脸的巴掌/126

没有横空出世的运气，只有不为人知的努力/130

你眼里的轻而易举，可能是别人的竭尽全力/134

悦纳自己，是我们的成长必修课/138

职场篇

职场不相信眼泪，也没有绝对公平。

你的认知层次，决定了你的职场位置/144

从节后开工的状态，就能看到你的未来/149

有一种人，最容易成为职场炮灰/154

职场没有绝对公平/159

千万别小看那些肯吃亏的人/163

害怕犯错，就是最大的错/167

有些弯路，是必走的/171

把兴趣当工作只是本能，把工作当兴趣才是本事/176

实力让人看到，也是一种本事/179

生活篇

接纳对方的不同是和平相处的唯一秘诀。

尊重他人的不同，是高层次的修养/184

懂分寸，是最好的教养/188

你的教养里，藏着你的贵人/192

心地善良，举手投足都是教养/196

感谢曾经嘲笑你的人/200

都说世态炎凉，可总有人选择善良/205

免费，是世界上最昂贵的东西/209

自律，是女人最高级的化妆品/214

早起的人，大多活得热气腾腾/218

处世篇

划清边界，别人才不会轻易越界。

你若害怕得罪人，别人就不怕得罪你/224

别让运气毁在脾气里/229

不必把太多人请进你的朋友圈/234

跟“嘴欠”的人说“再见”/238

远离那些“随便”的朋友/243

追求合群，是你向这个世界示弱的标签/247

你若不强大，就只能被环境牵着走/251

层次越低的人，越见不得别人好/256

内心强大的人，不需要武装/261

家庭篇

没有天生的灵魂伴侣，只有人为的悉心经营。

好的爱情，一定要比肩前行/266

哪有什么灵魂伴侣，不过是求同存异/270

与原生家庭和解，是对自我的救赎/274

家风，是一个家庭最好的风水/279

父母的眼界，就是孩子的起跑线/284

50分的父母教不出100分的孩子/289

你不努力，就轮到你的孩子加倍努力/293

教孩子听话，不如听孩子说话/297

认知篇

认知有限，大多源自于生活模式的单一。

所有的舒适，都是要付出代价的

01

小范原来在一家餐饮公司上班，负责企业的文化宣传。

所谓“文化宣传”，就是一季出一张报纸，征集些员工稿件，采编点客人留言，报道一下公司的成长。

报纸常年闲置在公司连锁餐厅的报架上，正儿八经拿它来阅读的人没几个，所以要求也不是很高。平均每三个月，小范只需要花两周时间在这份报纸上就可以了。

餐饮一线全年无休，但小范作为公司唯一的“文化人”，却可以享受国家法定节假日，挺让同事们羡慕的。工作量小，待遇也不低，小范自己也很享受这份工作，没事就在办公室煲煲韩剧，刷刷微博。

一年前，老板决定停办报纸，改做微信公众号，小范的日子突然就不好过了。

原来做报纸的时候，有点排版失误或者错字都没人在意，做公众号就不同了，内容一推送，老板和同事们就能在手机上看到，什么错误都逃不过大家的眼睛。

更要命的是，小范对运营一窍不通，硬着头皮打理了三个月的公众号，粉丝数不仅没增加，阅读量还越来越低。

老板一怒之下把工作转给外面的专业人士当兼职打理。

这位小范没见过面的对手一个月就让公众号起死回生。一周一次的推送，文章从标题到图片都相当考究，每次推送都会有转发点赞送菜品的推广活动，还有后台互动抽奖，公众号粉丝和阅读量火箭般飙升。

小范被调去前厅做了半个月收银就自动离职了。

一个人若是还不能做到别人无可替代，最好不要轻易选择舒适的工作。

舒适，会不知不觉消磨掉我们的进取心，让我们画地为牢，看不到外界的变化。若想练就一身不被时代抛弃的本事，必定得承受一些痛苦，随时保持学习的热情，才能持续成长。

02

我们公司原来有个同事优优，心理素质相当强大，泰山崩于前而色不变。

优优负责样品开发，开发环节对时效性要求高，一旦拖延，就会吃掉批量订单的生产时间，造成生产线上手忙脚乱。

每次优优的样品出不来，后段部门急得跳脚的时候，优优就会飘飘然来一句：慢一点怎么了？慢一点又不会死人。然后，气定神闲地继续她的下午茶，点心配咖啡，水果切小块。

一到下班时间，优优总是第一个冲出办公室，再急的工作都会被她搁置下来，留到第二天处理。她的微信介绍里常年挂着一句话：下班时间请不要和我谈工作。

在优优看来，只要工作不出什么大乱子，都是不会死人的。至于会不会影响到大货交期，会不会给其他的同事造成麻烦，会不会给公司造成损失，这都不属于她操心的范畴。

久而久之，上级不再把重要客人分给优优，优优自己也乐得悠哉，手上负责几个不常下单的小客人，工作量更少了，小日子也过得更惬意了。

只是，同批进来的小伙伴们都挨个升职加薪了，这种福利一直没轮到优优。

优优挺不服气的，跟主管抱怨：凭什么大家都在涨工资，就我没有？

她的主管也挺不客气地回敬：凭什么大家都努力，就你例外？

人与人之间的差距，不是没来由的。如果我们活得随意，就只能过得平庸一些；若想过得精彩一点，就时刻不能放松对自己的要求。

有什么样的本事，就过什么样的生活。

当我们的能力还配不上舒适的生活时，提前享受安逸就是透支了

未来生活里的福利，它只会让我们接下来的路走得越来越艰难。

出来混，迟早是要还的。

03

我曾在网上看过这么一句话，很喜欢：**所有命运的馈赠，都在暗中标好了价格。**

世上没什么不费吹灰之力就能收获的事情，想吃水就得挖井，想摘果就得种树。只有你付出了足够多的努力，命运才舍得把美好的事物回馈给你。即使是碰上从天而降的幸运，也一定是厚积薄发的结果。

成功是什么？成功就是你的付出让你有了达成心愿的资格。

失意是什么？失意就是你努力的程度暂时还够不着你想到达的高度。

你想要什么，就得拿出与之相等价的东西去作为交换。想赚钱就得劳心劳力，想成长就得风雨兼程。

在能力与理想相匹配之前，一切的舒适都是绊脚石，它甚至比我们遭遇的困难更为可怕。

遇到困难时，迫于环境的压力，我们尚且还会主动寻求改变；而当我们处于舒适状态时，根本感觉不到周遭的压力，丝毫不会有打破现状的冲动。

在固有的生活模式里待得久了，就会抵制变化，恐惧接受一切新的事物。当所有人都在前进，你一个人在原地喝茶，落后的还能是别人吗？

我们为舒适所付出的代价可能会有许多种，或落后，或贫穷，或无知……

人生如逆水行舟，不进则退，我们为舒适付出的代价，都会让我们的未来大打折扣。

伏尔泰也说：**没有所谓命运这个东西，一切无非是考验、惩罚或补偿。**

你创造的价值，岁月会以不同的方式回报给你；你亏欠的努力，岁月也会以不同的方式拿回去。

舒适是个奢侈品，享受之前，得先问问自己够不够资格。不然，它轻易就能吃掉我们的未来，连招呼都不会打一声。

世界那么大，你看到了多少

01

冬瓜一想到没跟丁豆一起创业，就懊恼得想撞墙。

他俩原来是同事，冬瓜负责技术，丁豆负责业务。三年前，他们一起工作的鞋厂老板跑路了。

丁豆跟冬瓜说：现成的工人，现成的供应商，我手上还有被老板扔掉的现成的客人，我懂业务，你懂生产，不如咱俩合伙办个小厂吧？

冬瓜吓得一退三丈远：办厂是这么容易的事儿？

冬瓜寻思着，即使是有现成的订单，生产周期也要三到四个月，再加上运输和客人的付款时间，起码是五个月以后才会有第一笔收入，那这五个月里的开销要怎么办？

厂房、机器、工人费用、日常开销，这些叠加起来不得先背上个上百万的债务啊？

冬瓜断然拒绝，丁豆也不多纠缠，直接拉了别人合伙。

三年过去了，丁豆已摇身变成一家中型鞋厂的丁总，冬瓜还窝在另一家小工厂为何时涨薪发愁。

事实上，丁豆的投资并不大，除了购置第一批机器之外，几乎是空手套白狼。

丁豆最开始把厂址设在一家供应商的废弃库房里，交换条件是长期采购这家供应商的鞋材。供应商也因此放宽了付款条件，同意出货后45天清款。

与此同时，丁豆向客人争取了三成订金，以此用来做前期周转。订单不停地接，订金也一直供应着工厂的运作开支，就这样慢慢地把工厂给做起来了。去年还扩大了规模，搬了新厂址。

冬瓜说，自己当初不应该太安于现状。

其实，他长期工作在生产一线，只能看到生产的风险成本，哪看得到贸易链的全局呢?

我们选择安于现状最根本的原因就是：既恐惧改变带来的成本，又没有能力看到改变带来的好处。

02

我们的生活经验会禁锢我们的认知。

闺蜜妮妮做饰品，也是实体店转网购的第一代微商。几年下来，她积累了不少优质的货源，也有稳定的客户。前年她关了实体店，专心在家做网络销售，做得很不错。

我们共同认识的另一位姑娘小雅，在“黑”妮妮的路上下了不少功夫。

听闻妮妮买了新车，小雅很不屑：天晓得是不是开的别人的！

看到妮妮的高档包包和服装，小雅私下嘀咕：指不定是攀上哪个有钱的男人了！

她甚至四处散播谣言，说妮妮的生意全是跟人“睡出来的”。

看着同一起点的姐妹飞黄腾达，说不嫉妒是不可能的。其实还有另外一个重要原因就是，小雅真的不相信妮妮可以赚到这么多钱。

几年前，我们都是到外地谋生的柴禾妞，蜗居在巴掌大的小单间里，为着上涨的水电费跟房东争执，听到哪里的衣服打折就一窝蜂地冲过去。

这几年，妮妮的生活发生了天翻地覆的变化，但小雅的生活圈子却依旧如故。她也尝试过做微商，去年拿了个洗发水代理，天天在朋友圈刷屏晒收入晒队友“提车”，事实上，一分钱没赚到，倒搭了3000元代理费。

拿自己的经验去判断别人，是我们常犯的错。因为自己找不到出路，才断定别人是走了捷径。

我们的生活经验就像是一个框架，框住了我们的认知，我们每个人都活在自己的框架里。

我的心理学老师曾说：你的框架其实就是你世界的大小，世界实际的大小跟你没有关系，你只能活在你世界的大小里。

我们所能看到的，就是我们的认知所能到达的地方。

03

认知有限，大多源自于生活模式的单一。简单的环境让我们的舒适感日复一日地增强，从而导致行动不足、体验不够，思维自然就变得狭窄。

多年前，我的朋友子欣因向往一个城市，果断放弃了她从事十多年的鞋贸工作，当时我相当不理解。

我替子欣惋惜，那些日积月累的外贸英文和鞋业技能，就因为她的人生拐了个弯全部化为泡影，可能再也用不上了。

更何况，对于一个已经积累了十多年工作经验的人来说，从零开始得是个多艰难的挑战。

可是，事实证明，我的担心是多余的。

时隔多年，子欣活得更加神采飞扬。她尝试过家电、贸易，最终立足在电力招标。

她已在这片新战场打出了一片天下，不仅有了相当不错的经济实力，还赚取了更多的闲暇时光，用来发展兴趣爱好。

我曾问她，每次接触新领域的时候，不害怕吗？

她说：如果你**把现有的生活模式当成唯一的生路，肯定会害怕；如果你认为自己能多一种活法，就没什么可怕的了。**

以前在网上看到过一个很有意思的提问：这一年，你是过了365天，还是把你一天的生活重复了365遍？

相信很多人看到这个问题的第一眼都会跟我一样震惊。顺着这个问题把时间线拉长，你会觉得更可怕：

今天的我和去年的我有什么区别吗？

明年的我和今年的我能有区别吗？

五年后的我和现在的我会有区别吗？

如果你每天的生活模式是固定的，你会发现，可能这一辈子，你能看到的就是眼前这点东西了。三、五、十年的经历里，可能只有三五个月不一样。

我们若想在有限的时间里看到更大的世界，就得尽量丰富自己的经历，让生命的宽度得到扩充。

04

世界那么大，你看到了多少？

把大部分时间用来饮酒打牌，你的世界就是你在酒桌牌桌上见到的那么大；把所有注意力用在工作上，你的世界就是办公室或者格子间那么大；把精力都耗费在家长里短上，你的世界就是家里的灶台或客厅那么大。

世界再大，若我们受困于眼前的方寸之间，伸手就够得着自己的天花板，那即使它再精彩纷呈，跟我们又有什么关系呢？

有个网络段子讲，乞丐的愿望，是当了皇帝以后一定要吃白米饭。因为白米饭就是他见过的最好的东西。

如果不从固有的生活框架中突围，不从固有的认知框架里突围，就看不到框架外更美好的东西，更无法接纳他人与自己的差异。

倒不是说非得要推翻眼前的生活，或许只需要多尝试一些新鲜事物，拓展一下自己的眼界范围，未来就会自动展现出更多的可能。

就像冬瓜，如果他能处理好技术问题的同时多懂一点业务知识，他未必会失去创业机会；如果小雅也是第一批微商创业者，她未必会觉得妮妮是捡了天上掉下来的馅饼。

曾听一个自媒体大咖讲她的创作经历，起初只是因为想宣泄情绪拿起了手中的笔，这一个小小的举动却改变了她的人生轨迹。

不出半年，她便把自娱自乐的写作发展成了第二职业；再用了一年时间把副业转为了主业，如今已成立了一家自己的文化公司。

当初提笔的那个小改变，让她对自己的人生有了新的认知，也一举打破了她维持了近20年的生活模式。

时常往生活里注入一点小改变，哪怕只是一个小举动，我们也有可能会在熟悉的环境里看到不一样的风景。

我们所能到达的地方，才是真正属于我们的世界。

别拿瞎忙当勤奋

公司有一个精英团队，负责主力品牌的核心业务。鱼妹曾在入职的第三个月就以“最上进员工”的身份杀进了精英团队，能与公司元老们一起工作一直是鱼妹引以为傲的事情。

可是不久后，鱼妹却意外地被调去了其他部门——她因为业绩不好被精英团队除名了。

顶替鱼妹的，是新来的实习生多多。

鱼妹觉得很委屈：多多明明比我懒呀，她从不加班，还常常迟到……明明我才是公司最努力的那一个！

鱼妹的确是一个很努力的人：她很勤奋，永远都是第一个上班，最后一个下班；她很上进，她有一个网盘，存满了在网上搜集的各种学习资料，专业类的书籍时刻放在电脑边；她心态乐观，从不抱怨，随时能见到她和小伙伴们相互加油打气。

我也很奇怪，**为什么看上去如此正能量的一个人，居然在业绩上做不出任何成绩，这到底是哪里出了问题？**

带着疑问，我开始仔细观察鱼妹的工作状态。答案很快就出来了：**鱼妹的努力，很不走心。**

鱼妹每天到公司最早，但泡咖啡、吃早餐、浏览网页等杂事占据了她不少时间。虽然她8：30就进了办公室，但她真正投入工作的时间却是9：30。

此刻的多多，早已处理完邮件，列好了一天的工作计划。

鱼妹工作时，虽然不怎么和周围的人说笑，但电脑上的QQ和微信页面却随时在跳闪，她放在键盘上的手指头几乎没有停过。

多多上班时间偶尔有跟邻座拉拉家常，但在处理事情的时候总是全神贯注，有时候我们叫她名字她都听不到。

我还发现，鱼妹存学习资料的网盘，只是用来存资料而已，那些资料，她从来没有打开过；那些电脑旁边的专业书，几乎都是未拆封或者拆了却没看过。

与此同时，我听说多多报了个夜校培训班，每天风风火火地下班后，就直接赶去学校上课了。

这样一对比，多多以后来居上之势替代鱼妹，就变得很好理解了。

鱼妹的加班，其实只是弥补了她浪费掉的工作时间，并不是勤奋使然。多多一个小时能处理完的事情，鱼妹要花四个小时，在工作量不变的情况下，工作效率低了，工作时间就自然而然地延长了。

鱼妹的努力，只是一种假象，充其量只能算得上是瞎忙。

所有不走心的努力，都会白费力气。

我小时候常被人夸聪明，因为总是不费吹灰之力就能考到满分。

但自从进入初中后，我再也无法脱颖而出——由于识记科目的增加，勤奋变得格外重要。一向散漫的我，很快在一堆用功的同学面前败下阵来。

我与理想的重点高中失之交臂，进了一所普通高中。我明白，不够努力是我与尖子生拉开差距的唯一原因。

我尝试着改变，在早自习的时候大声朗读，上课时把笔记抄得很工整，还帮同学整理笔记。

我总是看起来很努力，但成绩骗不了人，我一直排在成绩单末尾，还曾考过班级倒数第二。这让心高气傲的我感觉非常耻辱。

但冷静想想却是无可非议：我朗读的时候只是在发出声音而已，并没有用心去理解或记忆；我认真做笔记，却没有认真听过老师讲课。

这种虚张声势的勤奋，不过是给懒惰披了件遮羞的外衣。

一时的犯懒并不可怕，最可怕的是错把瞎忙当勤奋，它会让我们对自己的懒惰浑然不觉，以为自己真的在努力。

生活中，我们常常会不知不觉变成这样的人。

清早进办公室，点开各大网站，批阅奏折似的浏览天下新闻；上班时，打开同学群和知己群，记者调查一样参与每一个八卦的讨论；下班回家，打开精彩纷呈的电视节目，成功企业家般地废寝忘食；第二天，顶着追剧的黑眼圈打着呵欠去上班。看似日复一日的勤勤恳恳，却并没带来预想中的自我提升。

努力与收获，是永恒不变的因果。表面上在刻苦学习，实际上是在对着书本走神，怎么可能在知识的海洋里高歌猛进？表面上在认真工作，实际上在上班时间里朋友圈里每一条更新都没错过，怎么可能在职场出人头地？

一分耕耘，一分收获。与其扛着锄头去田野睡觉，还不如踏踏实实地洒下几滴汗水，给自己种下一个好收成。

千万别拿瞎忙当勤奋。所有花拳绣腿式的努力，都会徒劳无功。最终，那些我们不知不觉中辜负了的时光，都会变成生活中的难堪，来辜负我们自己。

承认自己无知，并不丢人

接触技术工作越久，班门弄斧的事情就看得越多。

我原来供职的一家贸易公司，有一个手艺出神入化的老师傅。他有三十年制鞋经验，肉眼可代替卷尺测量尺寸，分毫无差。

老师傅专门负责确认工厂送来的鞋子样品。他一向脾气不错，但有一次被一家工厂的小业务气得火冒三丈。

按公司规定，看鞋子除了业务跟单，还需要有一个专业技术人员在场，以免传达有误。但小业务拍着胸脯说他懂技术，老师傅就破了例，开始查看鞋子。

第一款是一只布面的鞋子，鞋面皱巴巴的。老师傅摸了一下贴合方式，发现鞋面与内里之间胶水刷得过重，便建议他们用部分刷胶的方式进行加工，我们俗称“点胶”。

小业务不以为然地说：我拿回去用高温烘一下吧！

按制鞋常识，真皮类的鞋子起微皱，可以借助高温烘一下熨平，但布料没有弹性，且全片被胶水粘死，是没办法起死回生的了。

小业务这话一出，老师傅对他的水平就心中有数了，便说：你把我的话直接转述给你们技术部门就好。

小业务却还在嘀咕：改点胶也没什么意义啦，该皱的还是要皱，这种鞋子本来就不好做，起皱是不可避免的……

每讲一个问题点，以上的对话方式就重复一次，小业务不依不饶地把老师傅的建议一一驳回，老师傅脸色越来越难看。

鞋样款式不少，问题点也很多，小业务一直忙着跟老师傅辩论，也没做一下笔记。面对老师傅的质疑，小业务说，没有关系，鞋子上的记号我看得懂，也记得住。

老师傅终于在“看得懂”“记得住”的重复声中发火了，他立即打电话给工厂老板，要求更换业务跟单。

老师傅说：**不敢承认自己不懂的人，是没办法进步的。**

其实从小业务身上，我也看到了自己多年前的影子。

以前刚接触技术工作的时候，觉得很深奥，什么都不懂，跟着前辈学了一点皮毛，就急不可耐地想要炫耀给别人看，想要获得认可。

我从未想过，我的行为在别人看来是多么的可笑。在遭遇了几次冷眼之后，我越发想向别人证明：我不是一无所知。

幸而，这种状态并没有维持很长时间，我就碰上了一位堪称良师益友的姑娘。

当时我们在同一家鞋厂工作，由于年纪相仿，我们走得很近。

她入行比我早，在我做文职工作的那几年，她就已经积累了不少技术方面的经验，而且由于常年和外国客人打交道，她的英文水平相当不错，常常出国参展。在我心里，她是一个偶像般的存在。

有一次，她接待外宾，我去帮忙打下手。当时我英文水平不好，对他们的谈话内容只能半听半猜，但每次客人问我听明白没有，我都斩钉截铁地回答“Yes”，坚决不让客人发现我的英文是个半吊子水平。

意外的是，在谈到一个细节时，被我视为偶像的这位姑娘说：对不起，我没听懂，可以再重复一遍吗？

客人耐心地重复了一遍，姑娘拿起纸笔，把自己理解的意思用图片的形式画了出来，并跟随客人的指示修修改改，直到客人点头确认为止。

在我眼里，这位姑娘是一个十项全能型的榜样，我从未料想到她也有不懂的地方，甚至敢在客人面前这样直言不讳。

会议结束后我问她：直接在客人面前表示不懂，客人难道不会对你失去信任吗？

她回答我说：**每个人都不是无所不知的。承认自己不懂，一点都不丢人，反而，不懂装懂，导致做事的结果不理想，才会让对方失去信任。**

她的一席话犹如醍醐灌顶，让我迅速调整好了自己的状态，虚心地跟着前辈们学习。

时隔多年，再想起自己当年的行为，不免觉得可笑。内行人看门道，我们肚子里有多少货，经验丰富的前辈们一看便知，根本不必装。

佯装自己并不能让人看上去更体面，只有放下姿态，虚心求教，才能赢得别人的尊重。

认真的时间越长，越能以谦卑的姿态成长，因为一边收获，一边会发现自己需要了解的越来越多。

学，而知不足，知不足，而更好学。学习就是一个这样循环的过程，学得越多，越觉得自己懂得少；越明白自己懂得少，越是虚心好学。

俗话说：一桶水摇不响，半桶水响叮当。

现实生活中，往往是敢承认自己不懂的人懂得更多。因为那些认为自己很懂的人，无一例外地对新知识有着本能的抗拒。一旦浅尝辄止，就只能原地踏步了。

承认自己的无知，并不丢人；假装自己无所不知，才会贻笑大方。

优秀的人，从不害怕自己的缺点

01

以前找工作的时候，最怕别人问我：你有什么缺点？

我不知道怎么答才妥当。

说性格孤僻吧，别人肯定会认为我处理不好同事关系；说办事粗心吧，这还没到手的新工作八成也就溜了；要说自己没有缺点，更不妥当，当人面试官是傻子呢？

卡了两三次壳以后，我终于给自己找到了一个最佳答案：不知道怎么拒绝别人。一来，这的确是我的缺点，不用我费心去撒谎编造；二来，这个缺点又不至于大到影响求职。

我有点得意于自己的小聪明，觉得这世上能把这个问题答得有我这么完美的人，应该不多了。

后来，我的同事朱莉颠覆了我对这个问题的看法。

朱莉和我同时入职，在开发部做跟单员，她跟的样品从来不会出错，就连PAPERWORK都做得无可挑剔。不仅领导喜欢她，同事们也都喜欢跟她同组工作，优秀得让我嫉妒。

我很好奇，这么优秀的一个人，在面试的时候，是如何处理“缺点”问题的呢？我忍不住向朱莉打听。

朱莉告诉我，当时她回答的是“记性不好”。她跟HR主管说：我很容易忘东忘西，平时都是靠记笔记来提醒自己还有哪些事情没做完。

那一刻我突然明白，“你有什么缺点”这个问题的答案，价值并不在缺点上，而在我们面对缺点的态度上。

朱莉说了句话让我印象特别深刻：**每个人都有缺点，如果你害怕它、回避它，它就永远是你的硬伤；只有正视它、克服它，它才不会成为你前行的障碍。**

02

我留意到，朱莉的笔记本上总是密密麻麻地记着待办事项，做一件事划掉一件。“好记性不如烂笔头”，朱莉从没有因为健忘漏掉任何一件小事。

朱莉的做法让我心生敬佩，我也开始认真检视自己的短板。

当时让我感觉最困难的就是英语听说。平时邮件往来只需要读写，问题不大，一旦外国客人来访，我就慌神了，因为我根本听不懂他们说的是什么。

碰到外国客人来开会，我就借去工厂催进度等理由逃离现场，让团队里其他的小伙伴顶着。

在朱莉的影响下，我决定不再当逃兵。

再有外国客人来访，我就硬着头皮上。在开会前，把会议主题可能涉及的英文专业术语全部过了一遍，有时候还带着“小抄”，有了充足的准备，心里也没有那么害怕了。

从一知半解到豁然开朗，并没有经历太漫长的过程。曾让我自卑得抬不起头来的听说障碍，很快就变成了历史。

与此同时，我发现了自己新的缺点：对异域文化缺乏了解。我的英语水平仅限于沟通专业内的东西，超出工作范围的话题依旧让我费解，有时客人讲个笑话我都听不懂。

于是，我的目标就变成了攻克异域文化。

就这样，在学习语言的这条路上，我再也停不下来，**每克服一个旧的问题，新的挑战就自动跳了出来。**

现在回想起来，若没有当初的第一步，就不可能有后面的升级打怪，或许英语听说障碍会把我困得死死的，让我还没来得及施展拳脚就够到了职场天花板。

只有勇敢面对，我们才会发现，缺点其实是我们成长路上最好的老师。

03

曾读过一个有关富兰克林的故事。

富兰克林年轻时并不十分成功，但非常善于思考。他发现自己身上有很多缺点，例如爱浪费时间，会为小事烦恼，爱和别人争论冲突等。他认为，除非自己能减少这些错误，否则这一生不可能有什么成就。

于是，他仔细研究了许多成功人士的好习惯，并总结了13条自己不具备的品格，刻意训练自己成长。他每周攻克一个缺点，13周下来再重头巩固，如此循环坚持了两年时间，最后这些好的生活习惯都深入骨髓。

富兰克林记下的13条优秀品格分别是：节制、寡言、秩序、果断、节俭、勤奋、诚恳、公正、适度、清洁、镇静、贞洁、谦逊。后来，这13项行为习惯成了有名的“富兰克林表”。

富兰克林出身贫寒，只接受过两年学校教育，却在科学、政治、外交、文化等多个领域创造了非凡的成绩，这跟他不断完善自我的进取精神分不开。

有进取心的人，都敢直面自己的缺点。因为他们知道，**只有攻克一个又一个的障碍，人生才能在积累中成长。**

敢于直面自身缺点的人，自我认知会不断地得到提升，也能更客观地探索到事物的本质规律。他们会以更平和的心态去面对挫折，不会轻易地将失败归结为外部原因。

当我们把全部力量用于改善自我，而不再浪费时间去掩盖自己的不足时，我们就会变得越来越优秀。

没有人生而完美，**“万物皆有裂痕，那是光照进来的地方”**。

揪出自己的短处并且干掉它，这种感觉爽爆了！

别只是假装爱读书

01

有一次跟几个好友在一起聊天，谈到读书。

一个朋友说，本来想趁着世界读书日各大线上书店打折的时候好好囤一批好书，可是一想到去年囤的书还没有读完，就有点犹豫了，怕买那么多书回来最终只是装饰了书柜。

大家都心有戚戚焉，感叹能静下心来的时间太少。

突然有人说：波哥不是一年读30多本书嘛，要不请波哥给大家传授一下快速阅读的技巧呗?

话说这位波哥的确是位神人，白天工作，下了班要辅导孩子作业，偶尔还得外出应酬，但隔三岔五就会在朋友圈宣布他又看完了一本新书，速度堪称我们小圈子里的阅读达人了。

大家缠着让波哥传授经验，波哥得意地说：说来也简单，现在网上那么多拆书文章，一本书里的精华全在一篇文章里面，我一年的30几本书都是在某个读书平台“读”出来的，既高效，又省钱!

我问他：你读30本书大概花了多少时间呢？

他歪着头想了想说，加起来好像也才半个多小时的样子。

语音刚落，在场的人都笑了，他自己也不好意思地挠挠头说：我太浮躁了。

我也喜欢看拆书稿，面对一本不了解的新书，看拆书稿是最快获取作品精华的方式，书里的主要人物、故事梗概、金句名言，都能透过拆书稿管窥一豹，有时候你没空，还能边做饭边听音频，一盘菜炒下来，“一本书”就听完了，非常方便。

但是，它最多只能作为我们选择书本的指引，不能真正替代“读书”。

读书的最重要过程就是：思考。

只有拿起书本，一页一页地前行，才能切实感受到作者的思路，在这个基础上加以消化理解，收获的才叫知识。

02

早在几十年前，邓拓先生写过一篇名为《不要空喊读书》的文章。

多年后的21世纪，依然有许多“空喊读书”的人存在。

有位同事曾说，她很喜欢读书，每天都有睡前阅读的习惯，我就请教她是否有读过的好书推荐。她一下子给我推荐了五个微信公众号。

原来，她的“睡前阅读”，就是临睡前刷刷手机。

刷手机能代替读书吗？

当然不能！且不论文章质量，单从阅读习惯来说，就是大不一样的。

我们用手机看文章，是快速阅读，阅读节奏可以达到一目十行，平均下来一篇文章最多耗时一分钟。在这个过程中，我们的大脑一直处于浮躁状态，随时接受着外界的干扰。

而拿起书本读书，就会大不一样。虽然最初也可能是沉不下心来，**但如果坚持15分钟以上，大脑就会进入全神贯注的状态，甚至遗忘外界的存在。**

手机阅读充其量只能属于一种娱乐活动，收获的是短时间的愉悦。如果能从娱乐中得到启发，当然更好，最怕是看了为蹭流量带偏舆论的“爆文”，偏偏你又深信不疑，收获了一大堆负能量。

纸质书本阅读的最大乐趣在于：当你沉浸在书本里时，完全是进入了另外一个世界，内心深处会体验到高度的充实与快乐，就好像在喧嚣的场合开了一个四面隔音的雅间，心理学把这种状态称为**“心流模式”**，它本身就是一种提升幸福感的途径。

古人云，**读万卷书，行万里路。**

现代人浮躁，老以为自己天天刷手机就读过万卷书了，去景区拍几张照片就行过万里路了。其实那并不是读书和行路的灵魂，只是消遣和赶路的肉身。

做任何事都不能急于求成，只有沉淀下来，去思考，去体验，

才能真正收获其中的乐趣。

03

邓拓先生将空喊读书的人列为三种：

第一种是：因为自己没有养成读书的习惯，坐不住，又觉得读书很必要的人。

第二种是：误以为拿起书本从头到尾读下去，就会变成读死书的人。

第三种是：因为太懒，不愿意自己花时间去读书，只希望能找到什么秘诀，不必费很多力气，一下子就能吸收很多知识的人。

这三种人至今仍然普遍存在。

许多人嚷嚷着要读书，一到书店打折季就囤书，其实大部分都堆在书架上蒙灰，觉得“没时间看”。其实时间并不是最大的问题，**只要是能刷手机看电视或者和朋友闲聊，就一定有时间读书，最大的问题是，没有拿起书本坐下来。**

对于“坐不住”的人，邓拓先生给出的解决方法很简单：**坐下来，养成习惯。**

害怕“读死书”的人如今依然不少。曾有朋友说，她本来想买一本名著，一看到购买链接下的书评，有许多人说看不懂，她就不买了。

一本好书，只有逐字逐句地读下去，才能体会到它的“好”。尤其是名著，很多名著初读可能深奥，要反复推敲才能体会其中的奥妙，毛主席都曾说“《红楼梦》不看三遍没有发言权”呢！

如今最大的“空喊读书”群体可能就是犯懒病的人了。

因为犯懒病的人越来越多，各种治懒的“妙方”也应运而生。各种拆书、听书的流行，看似填补了大家的知识饥荒，实则收效不大。

邓拓先生曾戏言：如果打一针或者吃一服药，就能吸收多少部书，这么一来，只消一个早上就能培养成千上万的知识分子和专门人才，岂不妙哉？

学习知识没有什么捷径可走，想读书，就踏踏实实地坐下来读。**别老说爱读书，却老是不翻书。**

只有被我们认真读过的书，才会融进我们的骨血，嵌入我们的灵魂。

眼睛看得有多远，双脚才能走多远

01

有一次和几个文友聊天，聊到洗稿。大家都不约而同地发现，我们写过的爆款文章，都曾遇到过被洗稿的情况。

洗稿是每个原创作者最痛恨的事情，洗稿者通过各种小技巧将原文重新排兵布阵，巧妙地避开机器的查重检测，以全新的面貌出现在读者面前，并安上自己的名字。

说白了，洗稿就是剽窃。

对于原创作者来说，哪一篇文章的选材、立意和结构不是费尽心血的呢？一篇好文章从构思到成型，可能经历过好几个不眠之夜，也可能经历过数天的苦思冥想，废寝忘食几乎是每个写作者的日常。

然而，洗稿者将别人的劳动成果转化成自己的，往往只需要几十分钟。他们只需要稍做加工，就能让改头换面的文章避开机器的检测。

因为一篇稿子被洗，我郁闷了整整两天。文友们都感到气愤，纷纷出主意维权。讨论正酣，林师兄却劝我大度一点。

林师兄是我们中间出精品文章最多的人，遭遇洗稿的次数自然也是最多。我们都诧异：你不生气吗？

林师兄说，当然生气，但是，**一个成熟的写手没时间浪费。**

一语惊醒梦中人。

想想这些天，每当有人来问我是什么情况，我就从头到尾把事情经过再讲一遍。我不停地跟人诉苦，几乎把所有的时间都耗费在聊天上了。没有看书，也没有写字，更没有心思去寻找新的选题。

而林师兄，一边被人抄袭，一边爆文频出。他把对付剽窃的事委托给专门的人去处理，把自己的主要精力一如既往地投入到写作中。他说：**跟在你身后的，永远超越不了你。**

02

我想起初二那年，学校举办了一场征文比赛。

那次比赛，我得了二等奖。

文章公布的时候，我发现一等奖那位同学的作品很眼熟，仔细核对，发现是抄袭了作文参考书上的一篇范文。

我非常不服气，拿着参考书去质问老师：评委老师都没有看过作文参考书吗？为什么评给一个抄袭的同学一等奖？

老师看完很意外，但是表示颁奖环节已过，没有办法再弥补。

她耐心地跟我解释：即使是老师，也不可能读完世界上所有的书，所以这种失误是不可避免的。老师现在了解了你的作文水平能在学校拿一等奖，但你自己也要明白，把你挤出一等奖位置的，是这篇范文，而不是一个抄袭的同学。如果你想着以后要写出更好的作文，就得好好琢磨一下自己的作文与这篇范文之间的差距。

虽然那次的奖项最终还是没有置换过来，但是我却欣然接受了。

我的目的是要把那个抄袭的同学从一等奖的奖台上拉下来吗？

并不是。

我只不过是想证明自己的写作水平，写出好文章才是我的终极目标。

因为嫉妒和不满，我急切地想要证明别人在抄袭，却从来没有想过，我到底是被什么打败的。

当我们费尽心机地想要证明别人是错的，就会忘记了自己本来要做的事情。

不忘初心，方得始终。各行各业，莫不如此。

03

曾有一段时间，我们老家的蚯蚓价格非常好。

农闲时节，大家到处刨蚯蚓卖。在荒野里刨，在田埂里刨，在沟渠里刨，这些地方挖得差不多了之后，大家就收工了。虽然还有一个地方蚯蚓最多，但无论蚯蚓的价格高得有多诱人，大家都不会去。

这个地方，就是自家的菜地。因为菜叶的遮挡，菜地荫凉湿润，特适合蚯蚓栖身。但菜地是菜农安身立命之本，就像果农不会因为桃花漂亮就攀折花枝一样，菜农也不会因为蚯蚓昂贵就翻刨菜地。

相比眼前的小利，他们更看重日后的收成。

仔细想想，当我因为被洗稿而气愤、因为在比赛中名次落后而郁闷时，何尝不是在追逐一只只看似诱惑的蚯蚓？

生活中，我们总免不了会因为一些琐事而分心。尤其是遇到突发状况，在毫无防备的状态下被攻击、被误解，或被扭曲的时候，我们的情绪会调动我们所有的注意力，让我们觉得忍无可忍，必须要拨乱反正。

可是，当我们把精力聚焦在这些琐事上的时候，琐事便被无限放大，成了我们生活的主导。

我们不必急着证明他人是错的。**因为相比他人的对错，我们自己的方向更重要。**

人们常犯的最严重的三种错误就是：浪费时间、纠缠琐事及与人争论。急着证明他人是错的，把这三样占全了，实在是件得不偿失的事情。

如果要赶路，便只管风雨兼程，昂首阔步。

毕竟，**一个人的眼睛能看到多远，双脚才能走多远。**

事情的好与坏，就在一念之间

01

刚报心理学课程的时候，为了上课需要，老师把所有的同学拉进了一个微信群。

有同学在群里发牢骚说，那么大一堆厚厚的教材，怎么看得完啊?

其他同学也跟着附和：又要熬夜了，好恐怖啊!

我不解，既然学这个课程令他们那么难受，为什么还要来报名呢？培训费用不低，在承受了报名的经济损失之后再来一场被动学习的精神折磨，简直就是花钱找罪受。

挨几个月的苦，就为了领取一张日后未必用得到的结业证书，何苦要做这种得不偿失的事情呢?

不过，群里很快就出现了不同的声音：又能学到新知识了，好期待开课呀!

这位同学道出了我的心声。我们本身就是抱着求知的欲望来参加学习的，学有所得才是我们此行的目标。如果一味地将注意力聚焦在学习的辛苦上，恐怕会越学越痛苦，很难有收获。

同一件事情，发生在不同的人身上，就会有不同的关注点，从而产生不同的感受。同是学习，有人当成负担，有人当成乐趣。事情的好与坏，全凭我们怎么看。

就像哲学大师叔本华所说：**生命中的幸与不幸，与其说是取决于我们遇到了什么，毋宁说是取决于我们与它们相遇的方式。**

02

我认识的阿兰和小丽就是两个心态截然不同的人。

她俩原来在同一家公司上班。阿兰家庭和睦，工作顺心，闲时养花种草，亲子旅行，小日子过得有声有色。

小丽很羡慕阿兰，她说阿兰的生活里处处都有小确幸。相比之下，小丽的生活略显粗糙，男朋友老是惹她生气，职场上也总是栽跟头，感觉处处都不太顺心。

一年前，因为生产成本的考量，老板决定把公司搬到东南亚国家。除了几个老职员随着公司迁移，大部分职员被遣散。遣散的通知下来后，阿兰兴高采烈，小丽却愁眉不展。

小丽问阿兰：都失业了，你有啥好高兴的呀？

阿兰说：遣散有补贴，够我安排一次全家的长途旅行，也能休息上一两个月。我一直贪图舒适没有勇气跳槽，这次终于有机会去外面闯一闯，还真觉得有点兴奋，说不准这次失业，能打开我职业生涯的另一扇大门呢！又有钱拿，又有未知的机遇，可谓是一举两得，这可真不是件坏事。

阿兰还劝小丽不必苦恼，因为事情已成定局，无法改变，再烦恼也是无用的。但愁惯了的小丽并不能像阿兰那般释然。

公司搬走后，阿兰和小丽分道扬镳。

阿兰很快在另外一家公司找到立足之地，并且业绩做得不错。小丽却辗转换了四五家公司，每家都做得不长久。

据小丽说，她运气一直不太好，有时候碰上宿舍条件差，有时候碰到公司管理系统不好，有时候碰上同事关系不融洽，总之，还没碰到一家她满意的。

运气这回事，有时候还真得看人心态。阿兰心态好，凡事都看积极面，所以再坏的事情她也能看出好处来。小丽则不然，消极的思想让她对身边的每一件事都会有诸多不满，再好的事情也能被她挑剔出缺陷来，始终聚焦在负面情绪上，自然会感觉不幸。

03

我曾在一本书上看到过这样一个观点：**事情本身是中立的，不带任何色彩，只是加入了人的情感，它才变成一件好事或是一件坏事。**

我深以为然。一个人因为丢失钱财而感到不幸，其实并不是丢失钱财这件事本身伤害了他，而是他对这件事的感受伤害了他。幸福是因为我们的感知，不幸也是因为我们的感知，所以那些我们苦苦追寻的小确幸，其实都在我们自己手上。

一个生活中有着无数小确幸的人，他们的幸福，源自他们本身就是快乐的人。

他们在别人为下雨天发愁的时候，听着雨声默然欢喜。

我们用自己的方式感知世界，世界才为我们呈现出不同的样子。我们的喜乐伤悲全源自我们的内心，外在环境只是起到了间接调节的作用。其实世界并没有什么两样，我们快不快乐，它都不会有变化。

就像夜幕降临时，有人看到了黑暗，有人看到了月光。

小确幸，不过就是当别人说着夜色好黑，你却抬起头感叹：月亮好美。

视线放长一点，事情就小一点

01

哺乳期的时候，孩子吃母乳不喝奶粉，我一直是公司和家两边跑，中午下班了就坐车回家，把孩子安顿好，匆匆扒两口饭就回去上班。

有一次孩子拉肚子，我一不留神蹭了点黄色的污渍在裤子上，因为下午上班快迟到了，我来不及换裤子，急急忙忙地赶到公司。

一个下午，我都如坐针毡。

有厂商来找我，我坐在位置上不敢动，装忙，请他们把材料送到我桌上来看。

公司几个小妹妹准备了下午茶，我依然坐在位置上不敢动，假惺惺地告诉她们我不饿。

到快下班的时候，有一个很紧急的样品鞋需要试穿，刚好我是标准的试穿脚，我需要穿上鞋子在众目睽睽下来回走动几圈。

我硬着头皮穿上样品鞋，感觉同事们的眼光像针一样刺在我裤子的污渍上。

试穿完了之后，我自己挺不好意思的，尴尬地说：让你们见笑了。

同事们面面相觑：我们笑什么？

我指了指裤子上的污渍说：这里糊了屎啊……

意外的是，他们都告诉我，在我指出污渍之前，他们根本就没看到。

我跑到卫生间的镜子前去看，离远一点，再离远一点，的确如此，那么小一点儿污渍实在是很不起眼，更何况，颜色也非常淡。

之所以给我造成了一下午的困扰，不过就是因为我一直在离它最近的地方，盯着它看。

将视线放长一点，事情就会更小一点。

02

一些网络热点很有意思，有时候剧情反转得让人猝不及防。

有一次，我在朋友圈看到一则视频：一位着交警制服的男子推搡一位抱孩子的妇女，在妇女被绊倒的那一瞬间，孩子从妇女的肩头摔落，重重地跌到地上，随即发出凄厉的哭喊，让人隔着屏幕直心疼。

10秒的视频，没有任何文字描述，在看完的那一瞬间，只感觉到满腔的愤怒。

明显就是交警暴力执法，仗势欺人。

我很自然地把抱孩子的妇女归为弱势群体。

然而，一天后，当地警方回应当天的事情经过，并附上了完整视频，此时，各大媒体也开始报道事情的始末，事件完整的视频有54秒。

原来，视频里的妇女乱停车被开罚单后，就开始纠缠、威胁民警，不仅将罚单撕下，而且意图通过暴力方式阻止民警离开。

她一手抱着孩子一手扒车门，随后还去扯警车的后视镜、用身体顶住副驾驶车门阻止警车驶离，最后在抱着孩子与民警发生肢体冲突的时候遭遇民警绊摔。

此时，我对这件事情的看法已全然改观，虽然交警的做法略显偏激，但抱孩子的妇女在我心中不再属于弱势群体。

身为市民，暴力阻挠民警正常执法，蛮横粗俗；身为母亲，全然不考虑事件对孩子的影响，愚昧无知。

仅仅是从10秒的视频后退延伸到54秒，看到的事实就大不一样。

一叶障目，不见泰山。我们常常会将见到的片断解读为事情的真相，然而，真正的真相，还得等我们拉大视角才看得到。

03

视角不仅决定着我们所看到的真相，更决定着我们的认知。

生活中，拉大视角去审视问题，能让我们少一些纠缠。

我们每一天的生活又何尝不是人生的一个小片断呢?

每一刻的点滴构建了每一天的生活，许多个一天拼在一起就成了一年的模样，一年一年又组成了人生的某一个阶段。而人生的方向，总得后退一步，离细节远一点才看得到。

今天，你可能因为在菜市场和卖白菜的大姐吵了一架而感觉很糟糕；你可能因为工作上的一个失误而寝食难安；你可能因为男友的一个分手短信而感觉生无可恋……

可能就是那么一瞬间，让你感觉生活真没意思，每天都为些小事鸡飞狗跳。

此时，**不妨后退一步，把视线放长一点看问题：**

这个卖白菜的大姐在你人生中占多少的比例？三年后你还记得她吗?

工作上的这个失误除了让你烦躁以外还有别的意义吗？五年后还有人记得你这个愚蠢的错误吗?

你确定失去这个男友以后，人生中就不会再有更好的人出现了吗？十年后你与爱人孩子相亲相爱的时候不会感谢前男友的“不娶之恩”吗?

将视线转移到人生长河里，你会发现，那些眼前你以为天大的事儿，都不是个事儿。

我们生活中的许多烦恼,都源自于我们的聚焦。用放大镜去审视某一事件，会让我们产生数倍的焦虑，甚至能把一件小事看成灾难。拉大视角，我们才会更清楚自己的方向，从而不拘泥于鸡零狗碎。

如果你明白眼前的“大事”终将成为故事，甚至在未来的某一天会被你遗忘，你还会为一时的失恋失业或失意而懊恼吗？

当你把审视自己的目光放长放远，你会看到自己真正想要追寻的东西。

那才是生命里最有意思的事情。

寒门不可怕，千万别寒心

近几年，有关阶层固化的言论甚嚣尘上，关于寒门是否难再出贵子，也有着相当多的争议。

“马太效应”是真实存在的，这个我们无法忽视。

你不得不承认有那么些人天生就拥有着更好的财力、教育、社会关系等资源，起点比我们的天花板都高。

资源的不对等让“强者愈强，弱者愈弱”，社会阶层间流动性看起来变得越来越小，我们的上升通道在某个时间也可能变得越来越狭窄。

那么，我们还要努力吗？

要！当然要！

不仅要努力，而且要拼尽全力。

我的表弟阿路，和我一样来自长江中心一座贫瘠的小岛，祖辈都是脸朝黄土背朝天的庄稼人。

百里洲冲积岛的沙质土壤并不太占农业优势，很多时候辛苦的耕耘与微薄的收入都不能成正比。20世纪90年代初期，几乎家家都还是赤贫的状态。

阿路从10岁起就开始成为家里的劳动力，和大人一起干活。尽管如此，升高中的时候，高额的入校费也差点让他失学。

阿路是1998年升的高中，这一年，长江发大水，岛上的劳动力都去抗洪抢险，镇上的几个工地缺工缺得紧。阿路听说挑砖一天能赚30块钱，就自告奋勇地去了。一连两个月，阿路用瘦弱的肩膀来回担着和大人一样重的砖筐，肩膀被磨得生疼，却从未叫过一声苦。他太清楚，肩上担着的，是自己的未来。

对于农村孩子来说，读书是能改变命运的最直接的方式。所以阿路拼了命也要去读书，他会想尽一切办法为自己挣学费。

阿路大专毕业以后参加工作，也并不太顺利，该吃的苦该受的罪一分没少，失业的时候，买个五毛钱的馒头要分成两顿吃。

阿路最开始从事的是销售工作，他把那段遭遇了无数个白眼的孤独期，当成了自己的增值期。他把赚的奖金全部用来给自己充电，先后参加过管理、英文、统筹等各种培训，在职场上也丝毫不含糊，常常为了一个新的工作项目废寝忘食。

不认命的人，总会迎来命运的转机。

阿路从小公司销售一路成长为上市外企的管理人员，薪资翻了数倍。如今，他已在广东安家落户，孩子上着当地最好的幼儿园。

跟众多成功人士比起来，阿路的成绩是微不足道的，但如果没有一路的打拼，他可能依然在贫瘠的沙地里刨食，孩子的教育条件也会相对落后。

他若不拼，就得轮到他的孩子拼。

对于寒门子弟来说，最可怕的倒不是贫穷。因为他们从小就在物质匮乏的环境中长大，让他们恐惧的是竭尽全力之后却发现未来依然对自己大门紧闭。

看不到希望才是最可怕的。

奥地利作家维克多·弗兰克曾提出一个理念：面对苦难时，人们所采取的态度就是苦难存在的意义，这是人们赖以生存的生活信念，也是人类存在的最高价值所在。

二战期间，犹太人差点被纳粹党赶尽杀绝。维克多·弗兰克是为数不多的幸存者之一，他在回忆录里提起奥斯威辛集中营的经历时说：一些不可控的力量可能会拿走你很多东西，但它唯一不能剥夺的是你自主选择如何应对不同处境的自由。你无法控制生命中会发生什么，但你可以控制面对这些事情时自己的情绪与行动。

在没有人身自由，连衣服都被剥夺的集中营，能活下来的人都有同一个信念：战争总有一天会结束的，他们总有一天会和亲人团聚的。

维克多的经历向世人证明了一个道理：信念能让人坚强地应对一切苦难。

这个信念，就是你相信未来能带给你的东西，它能让你在一无所有的情况下不言放弃。哪怕是命运给你关上了门关上了窗，你也会毫不费力地看到门缝里的光。

无论什么时候，都不要对未来寒了心。

好好读书，考取更好的学校，这样才能获取更多的知识并开阔自己的眼界；

努力工作，谋求更高的职位与薪酬，以增加自己的软实力和信息占有率；

坚持学习，才华与技术永远都是无可替代的核心竞争力。

拼尽全力后，岁月自会带给你光芒。

生而为人，没有谁活得容易，却也没有谁会在低谷待一辈子。

看到前方被堵死了，那就绕道，坚定自己心底的方向，总会柳暗花明；目标太高远，就先努力抓住够得着的东西，总会厚积薄发。

天无绝人之路，就怕你不相信未来有路。

心态篇

人生最大的挑战从来都不是别人，而是自己。

人生没有过不去的坎

01

花甲之年的张叔开办了自己的贸易公司。我们一帮老部下前去道贺，大家都感叹张叔一路走来不容易。

十年前，我们同在一家鞋厂工作，张叔是我们的副总。工厂从十来人的小作坊发展到千人规模，张叔功不可没。

原本张叔准备再做几年就退休，未料，那一年工厂遭遇了大变故。

受金融危机影响，工厂的海外主力客户宣告破产。工厂运到海外的鞋子货款收不回来，厂内一千多人等着发工资，数十家供应商等着收货款，我们老板一夜之间却不知所踪。

事发那天，所有供应商都堵在厂门口要搬机器，不知谁说了一句：老板跑了，找股东啊，张副总不是还在吗，让张副总还钱！

天知道，老板对外声称张叔是股东，只是因为张叔劳苦功高挂个名头而已，其实张叔自己也是受害者，工厂运转困难到倒闭那半年，他一分钱工资都没领过，而老板走的时候，一声招呼都没打。

但是，每个人都想着要回属于自己的那份钱，顾及不了别人是否无辜。于是，张叔被供应商们堵在办公室，写下了一张又一张欠条。

这些年，张叔身负着不属于自己的债务继续打工，头几年，过得特别窘迫。时间长了，供应商们也渐渐了解了张叔，有些人主动退回了欠条，也有些人给欠条金额打了折扣。随着债务的减少，张叔慢慢地熬出了头。

张叔和这帮债主成了朋友，甚至有许多订单都是债主们帮着介绍过来的，只要张叔有需要，他们都鼎力帮忙，反倒让张叔迎来了事业的春天。

张叔说：**“十年河东，十年河西，没有人会在低谷待一辈子。”**

02

我姨父是裁缝出身，前些年随着打工大潮来到南方城市谋生活，在一个工厂里面打工。

有一次加夜班的时候，他的手被卷入了裁断机，尽管抢救及时，他还是失去了左手的两根手指。

对于一个手艺人来说，这是多么毁灭性的打击啊！小姨背地里落了不少泪，一帮亲友也暗地为姨父揪心。

姨父自己却是那个最快接受现实的人。打工之路断了，他回了老家办了小型养殖厂。

我曾去过他们家大院，看到姨父淌着汗为那些猪除粪、喂食、降温。经过精心护理的猪也挺争气，个个膘肥体壮。

不仅如此，姨父还和人合伙做起了农机生意，忙时替人收割，闲时清风躺椅，小日子过得那叫一个惬意，姨父黝黑的脸上写满充实与知足。

谁说人生就裁缝这一条活路呢？

办法总比困难多。这条路堵死了，就换一条；山不过来，我就过去。

每个人都有足够多的理由让自己痛苦，也有足够多的理由让自己幸福。我们无力改变突如其来的遭遇，但我们却能改变面对困境时的态度。总惦着人生里的缺憾，就会迷失在痛苦的漩涡里，日复一日地煎熬。

要是不想在苦难中投降，就得逼着自己在遗憾中成长。只有不被困难打趴下，才会明白人生没有过不去的坎。只要继续往前走，一切都可以柳暗花明。

没有到不了的明天，就看你肯不肯给自己机会。

03

曾有个刚参加工作的小姑娘跟我说，上司脾气火爆，同事对新人冷漠，实习工资低，让她看不到未来。

我安慰她说，几乎每个初入职场的人都会经历这个过程，但很少有人扛不过来。

当我们从父母老师的庇佑中走出来，独自面对这个世界，总是要经历一番洗礼的。在踏入社会前，以为自己就是世界的中心，可以呼风唤雨；踏入社会后，会明白未来是不可控的，生活的本质其实是栉风沐雨。

随着年龄的增长，我们承受痛苦的能力会越来越强。

第一次求职，觉得生存格外艰辛，能有一份养活自己的工作就不错了。但是，后面我们会慢慢发现，除了养活自己外，我们还能做许多其他的事情。

每当遇到一次更大的挫折，我们都会有熬不下去的感觉。但只要我们还坚持着，就不会一直停留在糟糕的状态，最终一切都会过去，生活还是可以继续。

半年后，我再问小姑娘感觉如何。

她说，**困难好像也没有那么可怕。**工作做得顺手了，知道怎么和上司相处，同事的关系也日趋融洽，一切都变得明朗起来。

世上没有圆满，各种遗憾和考验都真实存在着，这就是人生。

那些失意的日子，有它们存在的意义，或教会我们生活，或明确我们的方向，或调整我们的心态。正是这些没把我们打倒的挫折，让我们得到了成长，也让我们努力争取到的东西变得难能可贵。

只要你肯多走几步，那些你以为过不去的事情，都会过去的。

假以时日，那些让我们哭着熬过的岁月，都能笑着与人说。

你对待世界的态度，就是世界对你的态度

01

珊珊每次去香港都会帮同事们代购点东西，例如奶粉啦、化妆品啦、活络油之类的。

我们几个老朋友都知道，珊珊纯属是好心帮忙，从来不多收人家一分钱。

然而，前不久她却因为这事跟一个同事翻脸了。

那位同事叫杰西，平日里跟珊珊打交道并不多，看到别人在找珊珊带东西，她也凑上来说要带两罐某牌子的婴儿奶粉。

珊珊回来把奶粉交给杰西的时候，杰西却对奶粉的价格有点质疑。原来杰西一直请别人从香港代购同一牌子的奶粉，价格都差不多，然而这次珊珊带的奶粉一罐要比之前便宜了好几十块，她觉得有蹊跷。

珊珊解释说，她去香港是为了找朋友玩而不是为了去做代购，为同事们带带东西纯属帮忙，所以在香港付款金额多少就是多少，

并未加上任何跑腿费用。

杰西说：**代购不赚钱，谁信呢？**

珊珊无可奈何，只好把奶粉给杰西留下，心想她爱给多少就给多少吧。

然而，隔天珊珊上班的时候，那两罐奶粉却端端正正地立在她办公桌上等着她。

杰西发了条信息说：**奶粉外包装有刮痕，你应该是买到二手货了，我不要了，谢谢！**

气得珊珊差点吐血，她不理解自己为什么会受到这样的恶意揣测。

珊珊跟我们诉苦的时候，有人随口问了一句，这个杰西平日里是个什么样的人？

珊珊说：跟同事关系不怎么好，有点爱贪小便宜。

突然大家都明白了。

一个对人不友善的人，不可能相信别人对她友善；一个爱贪小便宜的人，不可能相信别人会对她无私。

02

我所居住的城市在进行下水道改造工程，几乎每条街道都设计了施工点，很长一段时间出门都会堵车。

有一次坐出租车遇到堵车，司机不耐烦地按了一会儿喇叭，就开始抱怨：动不动就施工，到处拆到处建，不知道那些当官的又在里面捞了多少钱。

另一次我坐着载客单车，随口说了一句：又堵车啦！开单车的大叔却提醒我说：姑娘，青山绿水对咱老百姓是有好处的，这可是能造福子孙后代的好工程呢！

那一刻，我突然想起曾经和一个新媒体前辈讨论人性：为什么有时候你会觉得一个人很好，有时候却会觉得一个人很坏。

前辈说了一句：**我们怎么看待别人，其实投射的都是我们自己。**

当时我听这话的时候，并不是十分理解。

可是当我看到不同的人对同一件事有着不同的注解时，突然就明白了：**我们心中有什么，才能看到什么。我们对坏人和好人的注解，其实都是一览无余的自己。**

有个医生朋友曾跟我讲过一件小事。

按规定每个孕妇在孕期过程中都要做两次唐氏筛查，以确保胎儿的健康，大部分孕妇和家属都能在朋友晓以利弊的分析下配合检查。

有一次，朋友遇到了一个不配合的孕妇，指着鼻子骂她是只顾赚钱的黑心医生。朋友嘴皮子磨破了也无法说服孕妇做检查，只好拿出协议书，协议书大意是证明患者主动放弃检查，后果自行承担。

孕妇不仅不签字，还当即撒泼，她认为自己在医院检查，医院必须得保证自己生下来的孩子是健康的。

朋友无奈地跟我说，一个对自己的人生、对自己的孩子没有责任感的人，怎么可能相信医院会对她负责呢？

很多时候恶魔并不是来自外界，而是来自于我们心里。

03

不知道你有没有过这样的体验：单身的时候，你会看到满世界的单身男女；怀孕的时候，会看到满大街都是孕妇；带孩子的时候，看到公园操场都是孩子。

其实单身男女、孕妇、孩子的数量并没有变，而是人的注意力变了，我们对这个世界的注意力始终都放在跟自己有关联的地方。**我们是谁，我们就会遇到谁。**

同理，我们在看待别人的时候，也会很容易代入自己的主观判断。

当我们带着恶意去看世界时，会觉得周围的每一个人都图谋不轨，哪怕是面对友好和善意，我们也会质疑会曲解，觉得这是一件不可能发生的事情。

当我们带着善意去看世界时，会觉得身边的一切都纯良可爱，即使是偶尔遇到糟糕的事情，也可以把它当成偶然事件处理，依然用积极的心态去面对生活。

我们永远只能看到我们想看到的东西，也只会相信我们肯相信的东西。

当你看到一株绽放的玫瑰时，你会想到什么？

你若想到玫瑰花很美，那便是馥郁芳香；你若想到玫瑰刺很扎手，那便是暗箭难防。

玫瑰花从来都没有变，我们对它的感知都来自于内心的体验。

所以，往往我们以为看到了世界，其实看到的都是内心深处的自己。

并不是说我们相信真善美，这世界就不再有假恶丑。而是我们心里的阳光多一点，我们能感受到的阴暗就会少一点。

即使经历过背叛也依然相信有真诚，即使感受过恶意也依然相信有善良，即使看到过丑陋也依然相信有美好，这世界就坏不到哪儿去。

你对世界的态度，就是世界对你的态度。

有本事的人，都不张扬

01

我们公司员工的性别比例有点失调，仅有的男劳动力都被派到外地驻厂了。驻守办公室的，除了老板，剩下的全是女生。

于是，我们老板除了当老板以外，还兼任搬运工、扛水工、灯泡修理工等职务。

前不久公司新来一个女同事，入职当天就看见老板换水，她赶紧上前帮忙。我们公司饮水机特高，新同事个头又小，完全帮不了什么忙，老板示意她不必紧张，说：这种力气活儿不用你们女生做。

新同事手足无措地在旁边比划了几个姿势，惶恐得不得了。我们几个老员工在旁边若无其事地看着，老板换完水我们就各自端着杯子冲上去接水了。

老板转身走开，新同事拍着胸口说：老板还要亲自换水吗？好吓人啊……

听她讲，她在前一个公司上班的时候，办公室的女生要轮流给部门经理洗杯子，规定口杯要用牙膏洗，杯壁不可有污渍，然后在几点几分的时候泡茶，等经理进门就能喝上热的。

除此之外，还要给经理拖箱子、拆快递、倒垃圾（清洁阿姨是钟点工，中午扫完地就离开了）。

新同事说，在耀武扬威的领导手下工作久了，突然换了个不摆架子的老板，好不习惯。

其实，内心强大的人，从来都不会张牙舞爪。

我们老板纵横商界数十年，经历过大风浪，学识渊博，洞若观火，是个有着大智慧的人。他内心富足，从不在意别人怎么看自己，更不屑于用颐指气使的方式来收获尊严。

反倒是内心虚弱的人，才会迫不及待地想要在人前展示自己的社会地位。

02

写作第一年，我遭遇过不少质疑，也承受过一些文坛前辈对我的冷嘲热讽。我原以为，大家都不太欢迎新人。

但后来我却慢慢发现，并不是所有“大咖”都会耀武扬威。更有趣的现象是：**往往一个人成就越大，架子反而会越小。**

有天我在某个文学号上看到一位我很敬仰的小小说大师的作品。一眼瞄过去看到文中有一处用字用得相当精妙，是我有限的阅读史里从没看到过的用法。

当时带着孩子不方便细读，便点了收藏，准备有空的时候再仔细学习一遍。可后来，怎么也找不到这篇文章了，非常懊恼。

我在一个作家群里发现了大师的名字。硬着头皮加上了微信，没想到大师立刻就给我发来了他的原稿，并耐心地给我举例，如何让一个字能抵过千军万马，还告诉我哪几位名家的作品里也有类似的用法。

当时我有点受宠若惊，人家可是国家级作家，小小说界的领军人物啊！我原本想，只要他提供一下篇目，我去网络上搜他的文章就行了，没想到能得到他的悉心指点。

后来听文友说，大师一向是这样的作风，平易近人，不摆架子。他是某高校的客座教授，常常上完课就去校门口的路边摊吃盘炒米粉，从不讲究排场。

何谓文人风骨？**有些人清高得不屑与世俗为伍，有些人简单得不与世俗为敌。**对于我来说，我更钦佩后者，这种品质是由内而外的力量。而前者看上去，更像是由外而内的武装。

跟真正有风骨的人打过交道之后才明白：**优秀之人大多温和，只有无知者才狂妄。**

03

得意见人品。

一个人身处低谷的时候，谦卑算不上什么美德，因为这多半是环境使然。当一个人位高权重的时候，还能放低姿态，却是骨子里

的教养使然，这才是真正值得敬佩的品质。

如果内心修为不够，很容易稍微做出点成绩就开始目中无人，或招摇过市，或锋芒毕露，生怕别人不知道自己的权威。

权威固然让人可畏，涵养却更让人可敬。

今年元旦的时候，我和几位文友的微信上都收到了一位作家老前辈的祝福，他对每个人的祝福都精心编写，没有雷同。

前辈年近古稀，数十年笔耕不辍，创佳绩无数，是名副其实的文坛泰斗。按理说，逢年过节时应该由我们这些小辈主动去问候他老人家才是，然而他丝毫不介意这些礼数，并告诉我们，他正在学习使用智能手机，打字速度慢，让我们多包涵。

老人家拜了杂志社的小文友为师，学习使用微信和手机打字，他说，他的晚年哲学是：活到老学到老。

真是让人肃然起敬。

尼采说：谦逊基于力量，傲慢基于无能。

谦逊或傲慢的心态，跟一个人的物质贫富无关，却与精神贫富紧密相连。因为精神贫瘠，才随时要武装自己；也因为精神富裕，时刻都是真实的模样。

境界越高的人，越是谦卑踏实。他们从容自信，明白自己的人生价值，清楚自己的生活方向，活得通透。

他们从不张扬，却都自带光芒。

爱抱怨的人，运气都不太好

01

人事调整的风声传来时，小陈心里是窃喜的。

她进公司五年多，已经错过三次升职机会了。公司不定期地提升努力的老员工，并淘汰不合格的新手。小陈一直兢兢业业，常常为了一个文案废寝忘食。这次不管是论资排辈，还是看努力程度，她觉得自己都不可能再成为漏网之鱼。

没想到，结果出来之后让人大跌眼镜：小陈居然在裁员名单之列！

勤勤恳恳地为公司服务五年，却不由分说地被裁员了，小陈自然是一百个不服气。她跑去找人事部理论，对方语重心长地说：在任何一家公司，怨言太多的职员都不会是一个好职员。

小陈爱抱怨，确实是全公司人都知道的坏毛病。每当遇到棘手的问题，她总是会唉声叹气。

小陈的主管常说：如果需要协助就告诉我。

其实，小陈并不是不能处理问题。起初，她只是想以抱怨的方式吸引上司的注意，想在上司的观察下把问题解决好，彰显自己的工作能力。

然而，小陈的小心思并没有收到很好的效果。她的主管一直认为，这个姑娘做事很勉强，态度不积极。

而且，久而久之，小陈的抱怨已经变成了一种习惯。她在工作上的不满越来越多，脾气也越来越暴躁。跟小陈走得比较近的两位姑娘，也渐渐受了小陈的影响，动辄怨天尤人。她们聚在一起，不是控诉别的部门配合不好，就是埋怨公司福利太差，整个小团队几乎都是一片怨声载道的消极气氛。

所以，公司将小陈除名不是没有道理的。**爱抱怨的人在职场就犹如一剂慢性毒药，日积月累地侵蚀着周围的人，当他们的消极情绪扩散开来，整个团队都会跟着颓废。**

02

澳大利亚作家朗达·拜恩在《秘密》一书里提到一个“吸引力法则”的理念：你生命中所发生的一切，都是你吸引来的。

爱抱怨的人因为把精力都聚集在问题层面，而不是去想办法解决问题，最终，抱怨除了把不满的情绪放大以外，对糟糕的境遇不会有任何改变。

一方面，他们常因此错过机遇，导致运气变差。另一方面，运气越差，又会使得他们更爱抱怨。如此反复，就会陷入一个恶性循环。所以我们常常看到，那些爱抱怨的人，境遇都不怎么好，他们的麻烦总是层出不穷。

许多人抱怨的初衷都是为了博取他人的同情或获得他人的认可，但这却是一项消耗自己同时消耗他人的最无意义的举动。对于聆听者来说，当时的赞同或认可或许是有的，但若长期作为倾诉者的情绪垃圾桶，不仅会对自己的友情价值产生怀疑，而且会不可避免地受到一些消极观点的影响，从而导致自身也走向消极。

心灵导师威尔·鲍温曾说：消极的思想就像我们通过抱怨播撒在这个世界上的种子，它们会生根发芽，生出更多的消极因素。

这跟我们佛教里的因果有着异曲同工之处。**种什么因，得什么果，若思想是消极的，收获的结果必然不乐观，而且消极思想还会以蔓延之势侵入骨髓，摧毁人的意志。**

03

为什么会产生抱怨？这可能跟我们的能力有关。有句名言说：跳舞不好的人，总是抱怨自己的鞋子。

抱怨往往都产生于我们想对现状做出改变却又力不从心的时候。当眼前的困境或麻烦超出我们的解决能力时，我们最容易滋生负面情绪，怨天尤人。

但与其牢骚抱怨，不如反思自己：在不尽人意的处境里，我可以做些什么呢？

有些处境，是可以通过行动改变的。相信自己的潜能，并把精力放在探索和提高自身能力上面。或许这一次会束手无策，但假以时日，自己更强大一些，再遇上类似的情况，未必就不能力挽狂澜。

有些处境，是个人无法控制的。碰上这样无能为力的时候，只能进行自我调节，转移注意力，不让负面情绪聚焦。

富兰克林有句名言说：“我未曾见过一个早起勤奋谨慎诚实的人抱怨命运不好。”

良好的生活习惯和坚强的意志，永远是好情绪和好运气的最佳保障。只有善于管理自己情绪和心态的人，才能无往不利。

永远记得：**抱怨不能解决任何问题，能管理自己的情绪并掌握自己的命运，才是真本事。**

心态好的人，运气都不会太差

01

元旦那天带孩子去爸妈那儿蹭晚饭，叫了台网约车，上车没多久就被追尾了。

司机下车查看了一下车尾，然后回到车窗口问我：您和孩子没事儿吧？

我示意他没事，他径直就回到驾驶室，淡定地挂挡起动，继续前行。我在一旁看得不淡定了：师傅，您的车被追尾了，不处理了吗？

他摇摇头说，不用了，车屁股蹭了一下，没多大问题。

他气定神闲，丝毫没有因此而不快。他说：人这一辈子倒霉事儿有限，碰到一件少一件，说不准我新年第一天把霉运耗光了，接下来的运气就好了呢！

我对他肃然起敬。

见过太多人把某种特定的日子看得神圣不可侵犯，似乎那天的任何风吹草动都会成为对未来的预言。例如：元旦要顺，春节要顺，婚礼要顺，开工要顺……万一遇上点不顺，就感觉特别晦气，好像某一个阶段开了个不好的头，往后的日子就顺当不了了。

这位师傅让我看到了不一样的生活态度。我应声附和：肯定会有好运气的！

他乐呵地说：运气一直不错！我有对双胞胎女儿呢！

聊起女儿，他格外兴奋，眼角的皱纹都荡漾开来。他透露，孩子平时媳妇儿带，却特黏他，一见他回家就往他身上扑。单位效益不好，他下了班必须跑两三个小时车贴补一下家用，不然还能抽出更多时间来陪孩子。

兼两份工维持一家人的开支不是件容易的事，可我丝毫没听到任何有关生活艰辛的抱怨，哪怕是一句常挂在网约车司机们嘴边的“赚不到钱”。

我相信他的幸福是真实的。他最大的好运，不是生了对双胞胎，也不是躲过了裁员，而是他这种乐观的情绪，让他在任何时候都有乐享生活的能力。

有句名言说：**世界如一面镜子：皱眉视之，它也皱眉看你；笑着对它，它也笑着看你。**

心态好，运气差不了。

02

我一向觉得，一个人是否幸福，取决于他面对生活的态度。

有人为买房操碎了心，也有人在出租屋里怡然自乐；有人为熊孩子的不听话而犯愁，也有人在孩子的成长里获取安慰；有人因迷路而慌张，也有人在陌生的风景里歌唱。

同一件事情，发生在不同的人身上，会有不同的结果。有时候，喜乐悲伤只在一念之间。

我之前任职的公司解散那天，大部分人都垂头丧气，我也不例外。

然而，一个稍比我年长的姐姐却很淡定，她说：如果下一份工作比这份工作更好，那还有什么不高兴的？

我把失业看成上一段旅程的结束，她把失业看成下一段旅程的开始。所以，同样是面临未来的不可知，我因为害怕前行而忧心忡忡，她却因为期待挑战而满心欢喜。

后来这位姐姐真的找到了一份更满意的工作，很多人羡慕她运气好。其实我知道，并不是上天对她有多优待，而是积极乐观的心态让她有足够的勇气去争取任何一种生活。

有关幸运这事，日本作家浅见帆帆子有一番言论：

幸运的方法其实很简单：运势差或不如意时，其实是上天要你从中学习而安排的。只要懂得这个道理，就会对自己经历的事情都怀抱感谢之意。当你知道每天都有为自己量身定做的事情等着发生，就会对每一天都兴致勃勃，充满期待。

我的同事姐姐一向如此，总能在每件事情里看到最好的一面，她能把生活过成自己想要的样子也便不足为奇。

世界永远是我们眼里的样子，就看我们注视什么地方。就像半杯水放在桌上，我们看到上半部分的空杯，会感觉“已失去”；看到下半部分的水，会感觉“还拥有”。

我们怎么看世界，世界就会因为我们的看法而呈现出不同的模样。

03

心态决定命运，老话说“知足常乐”，是有道理的。

很多人对“知足常乐”这个词存在误解，觉得人若那么容易满足于现状，跟不思进取也没有什么差别。

其实不然。

知足，所以喜乐；知不足，所以进取。这两件事并不冲突。

一个人心态乐观，并不意味着他愿意把自己置于糟糕的状态并以此为乐，而是他有能力在任何一种逆境里都能保持对未来的美好憧憬，无论何时都不会丢失积极的进取心。

罗斯福在当美国总统前遭遇被盗，钱财损失严重，面对朋友的安慰，他回信说：“亲爱的朋友，谢谢你来安慰我，我现在很平安，感谢生活。因为：第一，贼偷去的是我的东西，而没伤害我的生命；第二，贼只偷去我的部分东西，而不是全部；第三，最值得庆幸的是，做贼的是他，而不是我。”

我们每个人都有权选择这份豁达。

豁达的人，不会费心思去纠缠小事。他们的精力，都花在了有意义的事情上。在正事上下功夫比别人多的人，运气怎么会不好呢？他们不会在抱怨中消耗人生，时间都留给了生命中最重要的人。知道自己想要什么的人，运气怎么会不好呢？他们能以更加平和的心态来审视自己的生活，即使在阴沟里也有仰望星空的勇气。总能在忧患里看到机会的人，运气怎么会不好呢？

我们人生中最大的运气，不过是我们自己。

越怕输，越活得辛苦

01

有个读者妹妹说，她面临着一个两难的抉择。

她目前在一家公司实习已有七个月，原本是准备毕业以后继续读书，再去考研究生的，但实习单位的领导对她的表现很满意，准备等她毕业以后就正式留用。

去考研吧，她觉得读了出来也是工作，跟现在的工作性质与薪资待遇不会有什么不同，说不准还不如现在。

正式在单位留用吧，她又觉得现在找工作都是被别人选择，不是自己主动选择别人，想着读研出来学历高点，没准儿以后的路还能更宽。

她迷茫了，两边摇摆着，不知道该如何抉择。

其实，从她的言语里，我听得出来她对知识的渴求，但我们聊了很久，她也始终下不了决心。

听着她的倾诉，我突然想起很久以前读过的一个小故事：

有人问农夫："种麦子了吗？"农夫："没，我担心天不下雨。"

那人又问：“那你种棉花没？”农夫：“没，我担心虫子吃了棉花。”

那人再问：“那你种了什么？”农夫：“什么也没种，我要确保安全。”

读者妹妹与农夫有着一种共同的心态：**怕输。**

目前的选择就好像是一把撒向未来的赌注，如果考研出来找不到称心如意的工作，是输；如果留任以后没有更好的上升途径，也是输。

怕输，所以感觉怎么做都会给自己的人生带来无法估量的损失。

人有趋吉避凶的本能，当我们预感到前方有危机的时候，会本能地往后退一步，将风险控制在可视范围之内。

当我们怕输的时候，不行动是最安全的选择，却也是对人生最无意义的选择。

02

越是怕输，越是会活得辛苦，因为改变命运的机会，往往就是在害怕失败的恐惧中消失的。

我有一个朋友，大学毕业后至少换了六个行业，每个行业都做得不长久。她并不是不勤奋，相反，她每入一个行业都非常认真，但是她太计较得失，如果短时间内的勤奋看不到回报，她就感觉自己入错了行，要重新选起点。

她常感叹自己怀才不遇：毕业十年，她依然奋斗在基层。其实她对好几个领域都懂点皮毛，只是都不精不专。

前不久，她尝试着自己创业，做点五金贸易的小生意。有一次帮一个包包厂开发了一款装饰扣，客人很喜欢，说有可能会下单。

然而，生产初胚的五金模具厂因为厂址搬迁准备将这款模具售出，建议她买下来，她一口拒绝了。因为客人说可能会下单，也就意味着也有可能不下单，她不想承担这个风险。

后来模具被她的对手买过去了，当然订单也被对手接下了，朋友很是懊恼，感叹自己不是做生意的料。

朋友就是典型的怕输心态，生怕自己付出的努力会白费。

如果将人生比作战场，那么我们大多数时候都是面临着没有把握的战争，如果怕输，就只能习惯当生活的逃兵，永远没有胜利的机会。

没有人天生就有掌握命运的能力，经历过足够多的成功与失败，才能做到有所为或有所不为。人生路上，该碰的壁、该吃的亏、该冒的险，少经历一点，生活赋予我们的智慧就会少一点。

03

得失心太重，不是一件好事。

我们在某一种生活模式里待久了，会拒绝尝试新的挑战。因为人生的每一步选择都会有风险，基于对未知的恐惧，我们会认为梦想的生活固然诱人，但现实的稳定却更安全。

于是，宁愿日复一日、年复一年地重复某一种生活，也不敢轻易跳出舒适区。

三年前，我认识的一个做鞋子的老师傅说要转行创业，进入他从未涉足过的家具行业。我有点替他惋惜，积累十几年的制鞋技术，就这样浪费了吗？

他说：当我觉得生活安稳得没有什么上升空间的时候，我就想为自己找出路。看不到的未来的确让我担忧，却还不至于让我害怕，大不了输了从头再来，回来做鞋子，手艺也还在。可万一成功了呢，是不是人生又有另外一种可能？

是的，未来既有风险，也会有机遇。守着现世的安稳，就会错过未来无数的可能。

老师傅并没有倒回来继续做鞋子。经历了创业初期的艰难，他慢慢在一个全新的领域摸出了点门道，事业已渐入佳境。

美国作家奥里森曾说：当我们相信某件事不可能做到的时候，大脑就会为我们找出种种做不到的理由。当我们真正相信某件事确实可以做到时，大脑就会帮我们找出解决的各种方法。

有时候，事情并没有我们想象中那么难。我们怕输，就是在给自己设限。只有抛开杂念，全力以赴，我们才会知道自己的能力在哪里。

美国前总统罗斯福的演讲中有一句很有名的话：**我们唯一值得恐惧的就是恐惧本身**（The only thing we have to fear is fear itself）。

输不可怕，可怕的是怕输的心态，它让我们对未来望而却步。如果一直瞻前顾后，只能换来一事无成。

不把困难当不幸，你才不会认命

我做不起来俯卧撑。

记得第一次进健身房，教练给我做体能测试。我双腿绷直，手掌向内撑在地面，随着教练一声令下，双肘一弯，我的脸就狠狠地向地垫扑去。如此反复几次，我的脸摔得通红，教练才确认我并不是在开玩笑。他问我是不是从来没有撑起来过，我说是。

教练告诉我说，我上肢无力，这种情况有可能是先天性的，但也不是不可以练起来，只不过要比别人多下些功夫罢了。

后半句我没怎么听，因为听了前半句我就挺懊恼了，先天性上肢无力，听起来好像是我长了一个不带功能的器官。我突然觉得自己挺惨的，特别需要别人照顾。

自此，我变得特别娇气。搬重物自不会再去尝试，就连拎东西时间长了也得要人帮忙，甚至有时还拧不开矿泉水瓶盖。久而久之，家人、朋友、同事都默认了我很孱弱这个事实。

被人照顾了许多年，我在有了“妈妈”这个身份以后变得坚强了。

孩子8个月的时候就有22斤重，我抱着他一爬十几层楼，气都不带喘。初为人母的喜悦，让我全然忘记了自己的小缺陷。

有一次我去超市买东西，孩子吵着要跟去，刚学会走路的他踉跄地跟着我走到超市，却怎么也不肯自己走回来，一定要抱。

我抱着孩子，售货员帮我拎着一大包日用品送到门口。

我伸出食指说：把袋子挂我手指头上吧！

售货员说：这样走路的时候袋子会撞着你的腿，不太方便吧？要不然你一只手抱孩子一只手提东西呢？

我试了试，尴尬地说，我一只手抱不起孩子。她只好按我的建议，把塑料袋挂在我的手指头上。我一路走一路歇，五分钟的路程花了近二十分钟才走回去。

我是在反思自己为什么不能一只手抱起孩子的时候才想起当年那个体能测试。其实那个缺陷并没有凭空消失，我也并不是突然间就变得力大无穷。只是我做一个称职母亲的渴望让我本能地去克服了这个困难。

我抱孩子与别人姿势不太一样，别人两只手兜着孩子屁股就好，我一定要两只手绞在一起，防止手在负荷不起的时候滑落，或者是双臂交叉，左手紧紧攥着右臂衣袖，右手也紧紧攥着左臂衣袖，以提供足够的臂力。

上肢无力有什么了不起，它只不过让我抱孩子的时候略显困难而已，但并不影响我成为一个合格的母亲。以此类推，搬重物、拎东西、开瓶盖，都看我是否有心而为，我若认定自己不幸，我面前就横起了一座大山。

所有缺陷莫不如此，在我们十分渴望实现某一个目标的时候，它会变得不值一提，顶多是让我们的行动变得困难一些，前行的道路曲折一些而已。

如果动力不足，缺陷自然会呈数倍放大，让我们感觉要经历万水千山才能到达目的地，那么远，就不走了吧，怪谁呢，都是命。

卡耐基在《人性的弱点》一书里曾写道：心理不成熟的人总是把自己与众不同的地方看成是缺陷和障碍，然后期望自己能受到特殊的待遇。心理成熟的人则不然，他们先认清自己的不同之处，然后再决定是要接受它们，还是改进它们。

说得简单一点，把失败原因完全归结为客观因素，就可能是在逃避困难。

常看到婚姻不如意的人把婚姻失败的原因归结为各自的原生家庭，带有原生家庭伤痕的人就无法幸福吗？未必。我们不过是要花更多的精力去学会自愈和爱人而已。

也常看到工作不如意的人把失意的原因归结为学历低或是无家庭背景。低学历无背景的人在职场就永无出头之日吗？未必。我们只不过需要付出比别人更多的努力、耗费更长的时间而已。

曾有男同事因个矮而自卑，遇到喜欢的女生也不敢追。

我鼓励他，身边多少喜欢瘦子的姑娘嫁给了胖子，多少喜欢高个的女生嫁给了矮个，还不是因为人家身上有闪光点把短板盖过去了吗？他们可能没别人富有、没别人帅气，可脾气更好、更细心、更幽默风趣、更有学识涵养……这些，难道不是更为恒久的魅力吗？

然而，男同事跟我说：算了，好姑娘看不上我的，我这辈子也就这个命了。

我想，这种心态恐怕才是他一直单身的原因吧！既然还没优秀到让人忽略短板，那就更应该继续努力才是，而不是缴械投降啊！

不想前进的人，总会有各种各样的理由待在原地不动。有多不想改变，就有多顾影自怜；有多不想前进，才会有多认命。

目标明确的人绝不会把困难当作不幸，更不会把时间和精力花在哀叹不幸上。他们不会找借口去逃避困难，而是迎难而上去战胜它。个矮的事实不能改变，就让自己的思想高大起来；学历低了，就用能力来弥补。他们总会有各种各样的方式，让自己变得更优秀。

他们一心想要做成一件事情的时候，哪怕面前横着一千道障碍，也能想出一万种办法来克服，一步一步朝着自己的目标靠近。

行动才是战胜困难的途径。怨天尤人的时候，万事皆可悲；直面困难的时候，无事不可为。

一个成熟的人永远不会“认命”，因为，他们的命运一直都在自己手中。

别人的看法，真没那么重要

01

去朋友家做客，看到她家茶几上的车钥匙。

我跟她认识两三年，根本不知道她家有车，感觉很意外，便问她：为什么从没见过你开车呀？

朋友告诉我，她不会开车，也不太想学，因为上班只需要步行十来分钟，平时的活动范围也是在小区附近的超市和商场，她根本就不需要用车。

朋友老公常年在外出差，她自己也不开车，这辆车算是个摆设。

朋友跟我大吐苦水，买车原本不是刚需，是结婚时讲排场，硬着头皮买下来的。老公兄弟几个结婚的时候都已购置房、车，轮到自己的婚礼时，房子车子任缺一样都觉得很丢份儿，怕被别人瞧不起，于是夫妻俩一起贷款买了这部车。

起初，小两口因晋升成有车一族感觉倍有面子，也认为以车代步就标志着生活品质的提升。

结果，事实并非如此。

车子买回来后，除了朋友老公带她郊游的时候开开，其余时间基本上都是闲置的。但每个月的车贷和小区停车费却是一分钱都不会少，还要保证每半年保养一次，加起来负担不小，让夫妻俩苦不堪言。当二手车卖了吧，又觉得亏。

现在夫妻俩想出去吃顿好的，或想买几套贵点儿的衣服，一想到车贷开销，就打住了。最懊恼的是，年初本有一个很好的跳槽机会，朋友却因为怕在试用期遭淘汰而打了退堂鼓，只敢在老公司的闲职岗位继续待着。

有还贷压力的人，最怕失业，没有什么比稳定更重要了。

朋友说，面子差了，大不了让别人嚼嚼舌根子。里子差了，苦的可是自己呀！早知如此，我就继续过我的逍遥日子，别人爱怎么说就让他们怎么说去，总好过在这儿打肿脸充胖子！

她说的不无道理，**如果硬要从别人的肯定中寻求价值感，就会本末倒置，忽略自己本身的需求。充实自己，实在是比取悦他人有意义得多。**

说穿了，别人口中的我们，也不过是个茶余饭后的谈资而已。

02

我曾经也走过这样的误区，很长一段时间里都认为生命的意义来自于他人的认可。

我害怕自己不受欢迎，害怕做错事惹人恼怒，害怕他人的拒绝与批评。一旦有人不喜欢我，我就会有挫败感，觉得自己很无能。

有一次经朋友介绍，打电话去一家工厂求职，对方询问了我的工作经历，然后告诉我说，他认识我的前老板。我觉得有点欣喜，便没头没脑地接了一句：真的呀！这么巧！你们是怎么认识的？

他并没有回答我这个弱智的问题，而是很不客气地训斥我：不要跟我装熟！我不管你曾经是谁的手下，在我这儿没有后门可走！

我懵了，完全不知道如何应答。那感觉就像是，一团熊熊燃烧的烈火，碰上了势不可挡的冰雹，瞬间偃旗息鼓了。

我不知道自己是怎么讲完那通电话的，挂完电话，只觉得脸上火辣辣的，内心充满了懊恼：我为什么会蹦出那么句没水平的话来，让人误以为我在谄媚；我怎么反应那么迟钝，连句合理的解释都没想出来，甚至连个面试的机会都没争取到。**我这么招人嫌弃，是不是太失败了？**

很长一段时间，我都深深地笼罩在这个电话的阴影里，觉得自己一无是处。我甚至反复地回忆那个沙哑中带点凌厉的声音，想刻意记住，并立志以后在行业内碰上这个声音的主人，一定要让他刮目相看。

时隔多年，我再回想起这件事，不免觉得好笑。

当时我需要的是一份工作，一次求职失败，再去寻找下一家即可，为什么会因为别人一句情绪化的言语而陷入焦虑之中呢？

我们不过是讲完一通电话就会相忘于江湖的陌生人，我为什么要那么在意一个陌生人对我的看法呢？

03

有一次公司前同事阿军在微信朋友圈发了一条动态，艾特我去看。

那是一则升职的消息，我被艾特得有点莫名其妙，因为我们的交情并没有深到非分享这件事不可的地步。

后来和几个旧同事私聊，得知他们均被阿军提醒过去看那条朋友圈。有人猜疑，可能是因为阿军离职时是被解雇的，心里觉得我们这帮旧同事都会看不起他，所以才会极力想在我们面前证明他的“体面”。

若不是同事提醒，我几乎都忘记了阿军曾被解雇这回事。他在我的印象里就是认识、曾在同一家公司共事而已，我们的生活几乎没有交集，**他人生中难堪或是荣耀的时刻，对我来说都没那么重要。**

升职，是对阿军工作能力的肯定，令他高兴的应该是自我能力的提升，至于别人是否因此而对他刮目相看，那都是别人的事情。

别人的看法有那么重要吗？

总有一天，我们都会发现，我们与他人，都是彼此人生路上的风景。大家都忙着自己的生活，只是偶尔抬起头来指着对方评头论足一番，真的不必因此而作茧自缚。你想过给别人看，别人还未必有空看。

在人生路上，我们自己才是自己人生的主角，实现自我价值才是首要选择。

那些曾经对我们指指点点的人，有可能在不久的将来就成为相忘于江湖的陌生人；我们曾经那么顾虑别人的看法，其实别人根本不在乎我们过得怎么样。

过自己的人生，没必要取悦他人。

把幸福寄托在别人身上，是最愚蠢的行为

生活不能十全十美，有得意必有失意。

如果不可控的因素让我们对生活产生了过多的失望，我们还会产生自己很不幸的感觉，觉得命运对自己有所亏欠。

其实，很多时候，这种把自己置于受害者地位的想法只是一种错觉。

如果我们一味地把自己的幸福寄托在他人身上，只会在这个错觉里作茧自缚。最常见的就是以下三个认知误区。

误区1：认为婚姻不幸是因为遇人不淑

伴侣是我们自己选的，我们婚姻里所承受的一切，都是在为自己婚前的选择承担后果。也就是说，再不淑的人，也是我们先给了机会让对方来伤害自己。

伴侣都是被我们自身的某种特质吸引而来，一个蛮不讲理的男人背后，可能有一个软弱迁就的“圣母”；一个时常出轨的男人背后，可能有一个毫无原则的“贤妻”。

所以，**有时候冲突看似源于对方的缺陷，其实本质上是源于我**

们性格上的弱点。

不管与谁结婚，我们遇到的都是我们自己。

单身时我们都对婚姻有着美好的憧憬，希望婚后有人与自己共同承担风雨，相互理解，相互扶持。这愿景本没错，但从素不相识到同一个屋檐下生活，彼此的缺点会无限放大，磨合的方式决定着婚姻的走向。

如何平衡和调节伴侣间的内在冲突，还是取决于我们自身的能力，不能全然指靠对方。

即使是遭遇了一段错误的婚姻，主动权依然可以掌握在我们自己手上。我们对未来的意愿，决定了现下是要断尾求生还是委曲求全。一味等着别人的改变，只会让自己在痛苦的泥淖里越陷越深。

困境可能有别人的原因，但出路要自己找。

误区2：认为工作不幸是因为怀才不遇

我认识一个学霸，读书的时候总是不费吹灰之力就取得优异成绩。像所有学霸一样，他读名校，拿学位，光环加身，牛气无比。

然而，一踏入社会，他就变得不再牛气了，换了一个又一个工作，总是在基层徘徊，总是怀才不遇。

据他自己说，他待过的公司，不是管理制度有问题，就是上司不好相处，要么就是同事间钩心斗角。眼看着越来越多当初成绩比他差的同学混得比他好，他愤愤然说：这社会真不公平！

可是，这世上，真没有绝对公平，更没有量身定制的好工作。

如果不能意识到这点，在一个地方不满意，换到另一个地方也不可能满意。

越身处底层，遇到的不公平待遇越多。一个稍比你强的人都能比你更早抓住机遇，眼看着身边的人一个个把自己甩得老远，只能哀叹时运不济，继而自暴自弃。

越往上爬，能阻碍你的东西就会越少，你就越能体会到公平。当你的能力达到别人无可替代的程度时，摆在你面前的是千万个挡都挡不住的机遇，和滚雪球般越来越厚重的资源。

只有一步一步地往上爬，人生才变得更加可控。

荀子有云：自知者不怨人，知命者不怨天。能掌握自己命运的人，从来不会把不幸的原因归结为外部因素。

这社会上有才的人并不少见，最后能实现梦想的人，都不是等着机会垂青的人。

误区3：生活的不幸都是由别人造成的

这种认知包括：公婆/父母插手我的生活造成了我的不幸，儿女/媳婿不孝造成了我的不幸，朋友/同事的背叛造成了我的不幸等。

我的朋友阿芬就是这样，她一向觉得自己的生活很不开心。

婆媳不睦，老公不站在自己这边，娘家也不为自己撑腰，孩子还不省心，处处惹事，她感觉自己过得一团糟。

一个人内心满足与否，是情感与欲望共同作用的结果，外在环境只起了间接调节的作用。他人让你感到不幸，首先是你对他人有了超出现实的期待。

比如，婆婆本身无法做到将媳妇视如己出，媳妇却常拿自己和小姑子的待遇对比，自然会觉得委屈，这就是对婆婆的期待超出了现实。

其他情况也是如此，每个人立场不同、观点不同，表现出来的行动也会有不同，想用自己的思想去掌控他人，无论是对父母、对子女、对朋友，都是不合理的期待。

有时候并不是孩子不听话，而是大人把孩子当成了让自己顺心的工具，太苛求服从。

如果我们把对他人的期待转移到自己身上，实现起来就容易得多，而且这种行为带来的幸福感会远比我们从外界获取的更有意义。

每个人都只能在实现自我价值的追求中得到满足。但凡不追逐自身价值，仅依靠外界力量来寻求幸福的人，大多是不幸的。

只有自己足够强大，想要的东西都够得着，才不会再期待别人给。

把幸福寄托于他人，是最愚蠢的行为。

懂得和自己相处，才能活得通透

01

喜欢徐静蕾，是因为她的那句：**要是所有人都理解你，你得普通成什么样啊？**

一个40多岁的女人，活得任性，却不张扬。

演戏、导戏、办杂志、学裁缝、练练书法、画画水彩，你以为她要成为画家了，她又跑去唱歌了。

不混圈子，不蹭红毯，只做自己感兴趣的事情，不管在一个领域有多少积累，随时都敢撕掉身上的标签。

做自己，爱谁谁，这不是谁都能有的洒脱。

她曾在博客上写了一句话：不能、不可以、不屑于，是三种人生境界。

我是这样理解的：不能摆脱世俗活法的人，是为无力；觉得自己不可以照世俗的活法，是为理想；不屑于按世俗的标准去活，是为选择。

把人生选择权牢牢抓在自己手上的人，最为通透。

知道自己是谁，知道自己要什么，别人怎么看也便不重要了。

有一年，她导演的片子遭到质疑，她坦荡地承认：我就这水平。

你要理解为她不思进取，那就错了。

她自然是要强的，但她的要强并没有用在对付别人的攻击上。她说：从来都是难听的话使人进步。有道理的难听话可以看到自己的缺点，谩骂的难听话可以让人心理坚强。要强是花比别人更多的时间学习，而不是听到批评就难受。

通透的人，才敢心平气和地面对自己的缺点，而不是一被人揭穿就把自己武装成一只刺猬。

不管别人怎么看，都内心笃定，知道自我的方向；不管外界怎么期待，都坦然接受自己本来的模样，不被外界的观点看法所左右。

她说：要把精力放在有用的事情上，不能改变的事情，一分钟都不该为它操心。

成为一个讨别人喜欢的姑娘是负重的，做一个讨自己喜欢的姑娘才是自由的。

02

叶蓓无疑是娱乐圈里的一股清流。许多歌手都在追求辨识度和知名度，她却时刻准备着把自己归零，认为不丢弃过往，就无法覆盖和创新。

出道20多年，叶蓓从没和任何歌迷组织建立过联系。别人想从外界的名利与拥趸中获取肯定，她却不断地逃离那些会干扰到她的东西。

迷茫的时候，她选择离开。她对市场毫无眷恋，一离开就是9年，不需要被人惦记。

高晓松在很多场合回忆起过发掘叶蓓时的场景：一个人在没有人的酒吧唱得那么好，那么认真。

做喜欢的事情，而不是做让人喝彩的事情，这是叶蓓的一贯作风。

消失在大众视线的那9年，她买菜做饭看电影，东游西逛，过着十足烟火气的生活。她将这段经历视为重新认识自己的过程，她希望从一个归零的状态开始，找到与自己和平相处的方式。

再次归来的叶蓓，重新开始做唱片，此时唱片已不再有9年前的火热，然而她却不管不顾。

音乐已不再是她的工作，而是她的个人喜好。**新的作品也不再是为了讨市场欢喜，只是为了成全那个想要表达的自己。**

她始终在努力摆脱外界的牵引，跟传统意义上的“成功”保持距离。《南方人物周刊》这样评价她：**甘做速食时代的慢行者，愿当游离世外的远行客。**

也正因为有着这样的云淡风轻，她的音乐才轻轻松松就让人缴械投降。

许多人说，叶蓓人靓歌甜，却总不能大红大紫，太可惜了。

叶蓓却说：如果有一天，以我的方式走红能被社会认同，那我坦然接受；否则，红不红对我来说没意义。

有些人对价值的探索是由外向内的，金钱、名利或地位都会成为他们判断人生意义的标准；

有些人对价值的探索是由内而外的，需求、爱好和体验才让他们感受到真实的乐趣。

前者精进，智慧；后者坦然，通透。通透是一种境界，它能让心灵重获自由。

03

我很喜欢影片《无问西东》里的王敏佳。

即使是时代和经历不同，也能从她身上看到大部分女人的成长轨迹。

每个女人，都曾有个公主梦，期待光环，期待被人关注，期待世界一片白璧无瑕，就像童话一般美好。

幼时的王敏佳被安排去给毛主席献花，却因为紧张而生病，导致无法执行任务。她无法接受这个瑕疵，编造了“与毛主席合影的人就是她”的谎言。

谎言被揭穿时，她坦率承认，并坚定地说：“当年献花的人，本该是我。”

她容忍不了世间一切不美好的东西，被同事诬陷时绝食击鼓，宁愿舍弃这条命也不向这个世界低头。

然而，**这世上根本没有十全十美的生活，我们最终还是得在一**

堆鸡毛蒜皮里重拾对生活的希望，从梦幻走进现实，与自我和解。

一场突如其来的浩劫毁了王敏佳清丽的容颜。

死里逃生的王敏佳，被爱慕者陈鹏带到了云南隐居，面对陈鹏的深情，她捂着自己残缺的脸节节后退。

她无法接受自己的不完美，一个没有能力爱自己的人，何来的能力爱别人呢？

时间与陈鹏的温情给了她治愈的机会，终于有一天，她又对着镜子审视自己，小心翼翼地在脸上涂抹陈鹏寄回的雪花膏，生活又像以前一样充满了希望。

在第二场浩劫来临时，她出走了，去找千里之外的陈鹏，她在心里对陈鹏说："我想要照顾你。"

她不再是那个需要被照顾的弱女子，她用前半生找回自己，用后半生去追寻自己想要的生活。

当她视容颜等为身外之物时，她的人生已变得通透。

通透是一种境界，它能让心灵重获自由，让人们把精力投入到更有价值的事情上面去，不再对着虚无的东西纠缠不休。

那些世俗的眼光和价值标准，只有在你认同它的时候它才会成为枷锁。你若冲破了它，就不再有任何东西能够绑架你的生活。

人生最大的挑战从来都不是别人，而是自己。懂得与自己相处的人，才能活出自己想要的模样。

因为，生命的意义，从来就不在别人身上。

你有让自己幸福的能力吗?

01

有读者在后台留言说他失业了，怎么也找不到满意的工作，很焦虑。

他说，找到工资高的嫌工作时间太长，工作时间不长的又会嫌工资少。

其实有这种感觉的不止他一个人，前些日子我闺蜜换工作时也表示很失落，旧工作环境不如意，新工作待遇不如意，总是离自己的理想状态差那么一把劲。

但是，闺蜜是个很会自我调节的人，她的“不开心”状态持续时间不长：从事旧工作时，她一想到年底实在的绩效回馈，这一年所受的刁难就通通变得不足挂齿；在新的工作岗位上，她一看到和乐融融的同事们，就觉得这种笑口常开的环境难能可贵，于是待遇上的落差也变得没那么不堪忍受。

瞧，这世上还真没什么量身定做的工作。所谓的好工作，不过是你认为它的优点盖过了它的缺点。

至于这些优缺点所占的比例，全依赖于个人看法。

如果我们将优点无限放大，我们对工作的满意度将成功地盖过工作中的小缺憾；如果我们将缺点无限放大，工作带给我们的疲累感也将毫无意外地吞噬掉我们曾创造的价值。

由于各人态度差异，我们看到同一件事落在不同的人身上，会有千差万别的结果。

不管在多糟糕的工作单位，总有些员工甘之如饴，舍不得离开；不管在多美好的工作单位，总有些员工觉得不堪负荷，犹如泰山压顶。

一个人对事件的态度，决定了这件事带给他的幸福程度，工作生活莫不如此。

02

我之前上班的地方女生比较多，平时爱唠些家长里短。

同事A常抱怨跟婆婆关系不好，她难以忍受老人家把孩子惯得一身坏毛病，还常常对自己指手画脚。她说，若不是顾及老公面子，我早翻脸了……

同事B却说同事A身在福中不知福。她与老公边工作边带孩子，很希望能有人帮衬，怎奈双方老人身体都不好。有一次，他俩下班晚了，孩子下了校车之后乱跑，差点走丢。

还有些单身姑娘期待婚姻，有些已婚姑娘怀念“自由”……

类似的谈话还有许多，似乎老天爷对大家的“刁难”都是公平的，大家对自己的现状都有着各式各样的不满。

唯有同事D，从来没有表露过不开心。工作游刃有余，夫妻和睦，孩子乖巧。然而，她却在大家意想不到的时候辞职了。

原来，她婆婆年事已高，摔倒后卧床不起。夫妻俩几经权衡，最终决定由她回老家专心照料婆婆，孩子转回老家上幼儿园。

这是一个极大的牺牲，她是管理层一致看好的“潜力股”，前途无可限量；况且，我们都难以想象，以她的瘦弱之躯如何经得起瘫痪老人和熊孩子的双重折腾。

同事D却乐呵地说，这下终于不用着急上班打卡了！回了老家，也能和娘家人常来常往，我正求之不得呢！

她脸上的笑容毫不掺假，我也毫不怀疑，她有让自己幸福的能力。

心态是决定幸福程度的最关键因素。积极乐观的人并没有比别人拥有更多的晴天，只是心里都住着一个小太阳。

03

读王尔德的童话《星孩儿》，有个小细节描写让我印象深刻：

冬季很冷的一个晚上，天地间堆着厚厚的白雪，路边的树枝全部都弯下去。

梅花雀叽叽地叫着：衰老的大地死亡了，人们已经用白寿衣把她收殓了。

斑鸠互相低语着：大地要结婚了，这是她穿的结婚礼服。

雪就是雪，没有因为降落在梅花雀或是斑鸠身边就改变自己冰冷的面目，因雪而起的喜乐悲欢，都是由心使然。同样的承受，在积极的心态下是享受，在消极的心态下是忍受。

你若在寒冷里能看到美景，就能在逆境里看到希望；你若在温暖里看到破败，也能在顺境里生出哀伤。

这道理就好比：**心中有天使的人，所到之处皆天堂；心中有魔鬼的人，所到之处皆地狱。**

外界的变化是恒常的，我们无力改变，但我们却能改变自己的态度。

总惦着人生里的缺憾，是我们难以幸福的根本原因。如果我们换个角度，去细数一下我们所拥有的东西，快乐也并非遥不可及。

生活总是两难，没有谁过得比别人简单。

那些我们眼里过得好的人，不过都拥有着让自己幸福的能力。

这种能力，你也可以有。

成长篇

努力能带给我们更多选择的权利，这就是努力的意义。

成功不是一步登天，而是聚沙成塔

01

有位读者朋友跟我诉苦说：我毕业两年了，换了三份工作，每份工作都很拼，却始终在小职位上熬着，感觉自己努力也没什么意义。

想迅速出人头地，可能是许多年轻人刚踏入社会时的普遍心愿。

每个人都敢拍着胸脯说自己不怕吃苦，但每个人又都只喜欢简单粗暴的努力，最好是连拼三天三夜，一周就有回报。

急功近利成了通病。

如果可以，谁都愿意选择去做见效快、短时间内能看得到收获的事情。可是，这样的事情有多少呢？我没见过。

任何行业都不是短时间内就能做出成效来的，哪怕你见过别人一夜之间平步青云，机遇背后的积累你也是见不到的。

一个学国际贸易的朋友跟我说，他们同一个班上出来的40多个学生，毕业之初大部分人都奔赴了外贸一线，但如今还在这个行业坚持的也就三四个人。

因为外贸行业太熬人了，前两年几乎只能靠底薪过活，而且还要兼顾客户时差。客人才不管他的工作时间是不是你的凌晨，若询盘的时候你没跳起来马上回应，他就去找别人了。

很多同学熬了几个月不出单就转行了，我朋友却在这个行业坚持了十年。压力大的时候，失眠，脱发，好多次深夜痛哭。

如今，朋友已在经营自己的外贸品牌。经过十年的沉淀，她如愿成长为曾经期待的职场女强人模样，带着一帮进取的小青年全球飞，把中国设计的产品输出到世界各地。

想参透成年人世界的规则，说难也难，说简单也简单。

难的是命运的变幻莫测，你出发的时候根本猜不出什么时候能出头；简单的是，万事发展都遵循一个定律——美好的东西一定得来不易。

那些成功者的人生大多先抑后扬，只有沉得住气，才能发得了力。

02

我在一个写作训练营里担任过几个月的点评老师，每期训练营为时一个月，参加的同学每两天交一篇稿。

每次开营时来报名的人都挺多，我所带的组每次开营都超过40人，但一整个月下来走到最后的却往往不足10人。

有决心的人不少，敢坚持的人不多。

很多人一开始信心满满，写稿写得很认真，但撑个七八天，各式各样的问题就出来了。有时候因为工作忙来不及写，有时候因为跟朋友约会来不及写，有时候因为做大扫除来不及写。

请过一次假，就想请第二次假，到了下半个月，缺席几乎成为常态。

其实，大部分人的生活节奏并没有太大的改变，能不能按时交作业跟是否挤得出时间没多大关系。之所以月初和月末的表现有着天壤之别，不过是斗志昂扬的时候觉得容易，激情退却后觉得困难罢了。

小芹是训练营里很不起眼的一个人，她一连参加了5期训练营，期期保持全勤。

说实话，小芹并不是个多天赋异禀的姑娘。同是初学者，很多同学参加训练营的第一个月就能发表稿件，小芹坚持到第三个月才有第一篇上稿的文章。

但是小芹有着超乎常人的勤奋，但凡有点时间，就在推敲字句。我点评过的每一个细节错误，她都不会再犯第二次。

我曾翻出她最近的作业和五个月前的对比，无论文笔章法，还是观点思路，都堪称天壤之别。她的文字越来越有大咖风范，许多曾经底子比她强的同学都被她远远地甩在了身后。

其实写作这条路，拼不了多少天赋，尤其是初期，全靠积累，多读多练多学。

天赋不过是努力到达一定程度后的锦上添花，并不能成为努力的替代品。

积土而为山，积水而为海。每天进步一点点，日积月累的能量会比偶尔的爆发要强大许多。

我相信假以时日，小芹一定能实现她的作家梦。

03

说起梦想，谁没有呢？可是大部分人就只是想看着梦想成真，却承受不了追逐梦想的过程。

桃树三年结果，杏树四年结果，香甜的果实必须得经历岁月的孕育。人生也是如此，**往往越高远的目标，我们需要积累的时间就越长。**

曾有人问我，为什么同一个行业，别人能待得下去，而且能做得那么好，我却不行？人与人之间的差距到底是怎么拉开的？

我想说，**成功不是一步登天，而是聚沙成塔。**

我们与他人的差距到底从何而来？

也许我们在偷懒的时候，我们的同伴正在前行；我们想放弃的时候，我们的同伴还在坚持。那些走得比较远的，只不过每天多赶了一些路而已。

举个最简单的例子，就像我们学生时代背单词一样，也许有人天资聪颖，一天能背200个；有人略显愚钝，一天只能记住20个。但前者三天打鱼两天晒网，半年下来边记边忘，可能最多积累500个；但后者温故知新不断复盘巩固记忆，半年下来可能就是2000个的收获。

人要有所执，方能有所成。

哪怕是再微不足道的事情，只要坚持去做，也一定能看到成效。有时候成败就是100次冲锋和99次冲锋的区别，你没有坚持到第100次，就无法感受到第100层高度上的曙光。

坚持，就是一场和时间的战斗。

这是个艰难的过程，会有挑战，会有质疑，会有孤独，会有打击，只有经得起时间的洗礼，才能迎来风雨之后的光荣绽放。

古人有云：成大事者，争百年，不争一息。

你若明白这个道理，一定会因为坚持而变得更好，也会因为变好而更敢坚持。

你不负光明，光明才不会负你

01

我有个读者朋友特别有意思。

有一次我在文章里提到我四点半起床，他看了心血澎湃地跟我留言说他也要早起，刻不容缓。

第二天一早，我一打开电脑果然就收到了他的后台消息：早安猫小姐，我今天早起了！

后台显示打招呼时间是4:35，我暗自为自己的文章影响力而感动：瞧，我又激励了一个小青年奋发向上！

我跟他回复早安，并顺便问他早上有什么计划。

中午十二点我才收到他的回复：我给自己定了个四点半的闹钟，起来刷牙洗脸后不知道自己要干什么，就又回去睡觉了，刚醒。

我哭笑不得。

早起是否能跟勤奋画上等号，得看我们在清晨这一段时间里做了些什么事情。如果没有好好地把清晨的时间利用起来，早起是没有意义的。

时间看不见，但我们所做的事情在日积月累下的收获是可见的，例如早起做早餐的人收获营养，早起锻炼的人收获活力，早起晨读的人收获知识……

毫无目标的早起，就只能收获无聊。

无聊的人，觉察不到时间的价值。

这位读者不止一次地跟我诉苦，说参加工作数年，却毫无建树，非常苦恼。我们平时互动不多，但从早起这一件事看来，他的无所作为可能并不是没来由的。

一个人未来价值的高低，往往取决于他的时间价值的高低。觉得时间不值钱的人，未来也会变得很廉价。

相比起无所作为，无所事事才是最可怕的状态，表面上消磨的是时间，实际上消磨的是自己的意志和生活热情。

02

去年我参加过一次老同事聚会。

阔别十年，当年工厂里的一颗颗小螺丝钉几乎都成长为了一根根企业顶梁柱。

只有阿玲变化不大，她笑言自己十年前是鞋厂小跟单，十年后是鞋厂老跟单，工资涨不过物价，精力拼不过后生，有个地方收留她混日子，已经很感恩了。

“混日子”是阿玲的一贯作风。

当初一起在工厂上班的时候，我们的工作内容差不多，但阿玲总是看上去比我们悠闲。

一款样品从图稿到实物，我们可能要花两三天的时间去生产线上盯流程，阿玲却只做开单和收样品两个动作就完了，其余时间几乎都无所事事。

厂里的网络系统是封闭的，除了邮件可用，网页和聊天软件通通打不开。阿玲去网吧用工作用的邮箱地址订阅了一大堆笑话、段子类的电子杂志，作为上班时间的消遣。

她还有着各式各样的摸鱼“法宝”，有时候送样品去客户那里确认，一款样品能让她在外面转悠一整天。

这些年看着身边的同事不断地升职跳槽，阿玲也很心动，但是她不敢轻易往外跳，她清楚外面多的是比她技能更多的小姑娘，年轻有冲劲，还不嫌工资低。

千万别在该成长的年纪选择打混，“混日子”混不出来真本事。日子不知不觉地被混走了，进取心也不知不觉地被混丢了。

莎士比亚曾说：**抛弃时间的人，时间也抛弃他。**

那些在虚度的光阴里与他人拉开的差距，总是要花数倍的力气才能追得回来。倘若害怕付出这个辛苦的代价，就只有把自己困在原地坐井观天。

03

一个不敬畏时间的人，必然也不会敬畏生活。

浪费一分钟，就会错过六十秒的成长。一个惯于浪费时间的人，多半不知道自己想过什么样的生活，或者根本不相信自己能够挣得理想的生活。因为从未努力，便从不相信努力的结果。因为从未利用过时间，便从不相信时间能带来改变。于是，为了贪图眼前的安逸与舒服，一再地自我放逐。

殊不知，你在消磨时光，时光也在消磨你的意志。它慢慢把满腔的热血磨成了一身的胆怯，把凌云的壮志磨成了眼前的苟且，不经意间，你的人生就被磨成了万千个庸碌的日子。

安逸的状态多半短暂，如果我们的精神状态适应了松弛，一旦遭遇到一点压力，就会感觉难以负荷，能拖则拖，能躲则躲。

于是，拖延与无力并存，散漫与焦虑齐飞。

一个惯于浪费时间的人，大多看不到自己的未来，也对眼下的生活没有危机感。

朋友小王曾跟我说，三年前，他原以为同事强哥是整个办公室最不给他面子的人，组局打牌吃饭没有一次肯赏脸的。

三年后，看到腾飞状态的强哥，才发现自己跟别人的差距在哪里：别人把时间花在刀刃上，他把时间花在牌桌上，时间的价值不一样，人生的高度也就不一样。

时间就像水滴，一点一滴地汇拢起来，力量是无穷的，可以是涓涓细流，也可以是江河海洋。惯于打发时间的人可能不会发现，每一个无聊的瞬间都是对生命的消耗。只有善于利用时间的人才会明白，每一个认真的时刻都是对生命的投资。

对于蹉跎时间的人来说，两三个钟头可能不值一提；但对于珍惜时间的人来说，每一分每一秒都弥足珍贵。

那些试图kill time的人，最终都是killed by time。而那些浪掷的光阴，也大多以低配的人生作了代价。

唯有人不负光阴，光阴才不会负人。

起点低怕什么，大不了加倍努力

01

有一次，我受一所高校邀请筹备一场讲座。为了让孩子们实实在在地听到对他们有用的东西，我提前请了两个学生代表帮忙搜集了一下目前他们所面临的成长困惑。

有一个问题很吸引我：

> 我们学校是一所普通的高等职业院校，出去找工作拼不过人家985、211高校的毕业生；我的家庭条件也不好，父母都是农民，不可能给我提供太多实质性的帮助，像我这样起点低的人若想成就一番事业，有什么捷径可以走吗？

当然没有。

而且我还想直言不讳地说，如果你的起点低，你的成功之路注定会比别人走得艰难。

那些拥有着更好的教育背景、财力背景和圈子背景的孩子，一踏入社会就会处于让你仰望的高度，工作环境比你好、赚的钱比你多。

你必须要付出更多的努力，才能迎头赶上。

但是，如果你不害怕努力，这一切就不足以为惧。

我也曾因为自己是高中学历而深感自卑。

参加工作后，我结识了许多起点不高却很厉害的人，他们在工作中通过自己的努力掌握了各种技能，在不同的领域身居要职，成为职场上不可替代的中坚力量。

这些优秀的人时刻在提醒着我：只要你肯努力，一切皆有可能。

就像一场马拉松比赛，开始的时候是看不出谁更出色的，差距往往是在半程甚至下半场的时候才慢慢拉开。当运动员冲向终点的时候，没有人记得他们起跑的快慢。

人生也是如此，拼的不是起点，是坚持的耐力与成长的速度。

02

初入社会时，我的求职之路走得格外艰辛。

我因为学历低被拒绝过，因为英文不好被拒绝过，因为电脑技能差被拒绝过。

那些应聘过程中暴露出来的短板，让我不敢掉以轻心。所以，当我幸运地在一家鞋厂找到一份工作时，我再也不敢怠慢人生的每一步。

我的学习生涯，从我参加工作的时候才真正拉开序幕。别人看电视打牌的时候，我在看自考书；别人聚餐KTV的时候，我在上培训班；别人上班闲聊的时候，我在车间学技术……

六年后，我从工厂离职，跳槽去了一家我心仪已久的外贸公司。新的工作让我这六年来的积累全部派上了用场。

新工作面临着新的挑战。

起初独立跟海外客人联系的时候，一封英文邮件就要花去我两三个小时的时间，每次都要用翻译软件逐个单词进行检查，工作效率非常低，加班成了常态。

我有一个笔记本，上面密密麻麻记满了每天遇到的新单词。我给自己规定，见过一次的新单词，当天就要记住。

不知从何时开始，我发邮件的时候不再需要翻译软件，处理工作的速度也越来越快。不忙的时候，还能协助其他同事处理不同的工作。

每接触一个新领域，我就像一块掉进水里的海绵，四面八方的养分都让我贪婪。

在职场上，我从来没走过狗屎运。都是靠努力，一点一滴地成全自己。

从业务助理，到业务骨干，再到团队主管，每一次职位的变迁背后都有过漫长的锤炼。

如今，我也不再避讳提及自己的学历，我能挺直腰杆对我的伙伴们说：**看，我付出了很多努力，才能与你们并肩站在一起。**

03

起点低没什么可怕，怕只怕你不肯逼自己努力。

我见过一些名校出身的年轻人，带着些许傲慢，不屑于学习请教，导致处处怀才不遇。

我也碰到过很多和我一样未受过高等教育的朋友，他们积极上进，学习能力强，敢花时间和精力让自己脱颖而出。

学历决定起点，学习力才决定未来。

学历低，只不过让我们起步的时候辛苦一点而已，但它并不能成为我们发展的上限。

小学肄业的童话大师郑渊洁，没受过系统教育的戏剧大师莎士比亚，11岁就结束学业的大文豪高尔基，他们起点都不高，但低学历丝毫不能阻止他们发出耀眼的光芒。

他们共同的特点就是：坚持学习。

只要肯坚持，那些被我们视为洪水猛兽的障碍都能被一点一滴地攻破；只要尝试过一次厚积薄发的威力，我们就不会再害怕任何挑战。

起点低，我们唯一的资源就是我们自己，一旦放弃努力，就不会再有任何东西推着我们前行。

所以，如果我们想改变自己的境遇，就得比别人付出更多倍的努力，让学习能力和进步速度成为我们的立足之本。

逼自己一把，把别人做不了的事情完成，把别人做得了的事情做好，把别人做得好的事情做细致，这些都会成为我们的优势。

只要努力不止，进步也会不止。

那些生机勃勃的机遇与平台、梦寐以求的财富与价值，都会在我们加倍努力的那一刻慢慢靠近。

成功路上，并没有你想象中那么拥挤

好友阿玲说，她在同学会上受到了一万点伤害。

我以为她是被什么土豪同学给刺激到了，其实不然。原来，她得知自己的一个高中同学如今已成为某知名律师事务所的挂牌律师——那是阿玲曾经的梦想，她为此努力过，却一无所获。

要知道，阿玲可是学霸，是名校毕业的法律本科生；而那位同学曼曼，却毫无背景，高中毕业就参加工作了。

心高气傲的阿玲被打击得体无完肤。

十二年前，阿玲和曼曼还是高中生。当时有一部叫《律政佳人》的电视剧席卷了整个校园，每个女生都对英姿飒爽的美女律师顶礼膜拜，她俩也不例外。

她们在一节晚自习课后，跑到校园的草坪上，对着月亮拉钩起誓：我们以后要做中国最厉害的女律师！

八年前，怀揣着名校毕业证的阿玲，意气风发地来到南方某一线城市。在各大人才市场碰了一鼻子灰后，她无奈地选择了一份鞋贸业务员的工作。

曼曼得知阿玲读了四年法律却做了一份跟专业不相干的工作以

后，非常惋惜。她问阿玲：好不容易学到的专业知识，就这样放弃了，不觉得可惜吗？

打工生涯已进行到第四年的曼曼还惦着她的律师梦。高考落榜后，她做过超市收银员，做过咨询公司接线生，此时在一家商场做着牛奶促销，业余攻克法律自考。

阿玲觉得好笑，法律自考有十几门课程，哪怕曼曼一年能通过四门，也要花四年时间才能拿到专科毕业证，如果还考本科，那就是另一个四年。

而八年后，曼曼可能才会深刻地认识到，本科毕业证并不能成为她梦想的敲门砖。阿玲告诉曼曼，读了法律专业就能当律师的想法，实在是太傻太天真。踏入社会才发现，法律研究生遍地都是，本科生太不值钱了。

可是，**谁也无法预见未来。**

四年前，阿玲所在的鞋贸行业一片惨淡。同行倒闭的倒闭，转型的转型，似乎看不到未来。恰逢国内电子行业一片欣欣向荣，阿玲顺应潮流，跳槽成为某公司电子产品的业务销售。

此时的曼曼已结婚生子，并随着老公迁移到某二线城市，在商场卖橱柜。

她们偶尔会通过社交软件联络。得知曼曼的法律自考已从专科坚持到本科，阿玲肃然起敬，心想，如果自己当初能有曼曼的这份毅力，恐怕如今也在法律界谋得了一席之地。只可惜，大学四年的知识早已忘光，如果再捡起来，得从头开始，想想就可怕。

如今，她们重逢在同学会上，曼曼的现状已发生了翻天覆地的变化，让阿玲羡慕不已。

从曼曼口里得知，她两年前进入了一个律师事务所做接待，虽然是低薪，但是能接触到她仰慕已久的律师圈。在专业前辈的指导下，她拿到了法律职业资格证，并以助理的身份帮事务所的资深律师整理文档，做开庭记录，写一些简单的文书和法律文件。

去年年底，她拿到了当正式律师前的最后一张王牌：律师执业证书。虽然走向知名律师的路还很漫长，但是离当初的梦想却越来越近。

从最初的遥遥无期，到如今的触手可及，曼曼坚持了十二年。在别人眼里，她是一个活在梦里醒不来的女孩。事实上，没有任何人比她更清楚自己想要什么。

一心向着目标行动的人，全世界都会为她让路。

能对自己的梦想从一而终的人是幸福的，这种幸福感比金钱和名望带来的快乐更实在。

阿玲羡慕曼曼，却也由衷地敬佩她。她原以为，曼曼论智商论学历都不如自己，但回想俩人的成长经历，她发现自己不如曼曼的地方太多了。

首先，曼曼是一个有大格局的人，阿玲却很浮躁，只能看到眼前的一点小利。看到哪个行业发展好，她就会跟风加入，导致现在她对好几个领域都懂点皮毛，却都不精不专；由于从事的都不是自己喜欢做的事情，她的热情有限，做事都很被动。

其次，她没有曼曼卧薪尝胆的勇气。曼曼能放弃销售橱柜的高提成待遇去律师事务所做类似打杂的接待工作，自己是无论如何也做不到的。纵观阿玲的几次跳槽历程，都是从低薪跳往高薪，她没有勇气放下身段去尝试一个低的起点。

最重要的一点，她没有曼曼十几年如一日的坚持。日常生活中，她连区区一个减肥都无法坚持，更不用说什么人生梦想。一个不自律的人，如何能得到命运的垂青？

曼曼貌似愚钝，其实有着大智慧。**她明确自己的方向，有行动，有毅力，有热情，**她从未想过走捷径，用最笨的方法一步一个脚印地前行。一路上，她能克服阻碍前行的困难，能放弃违背初衷的诱惑，因为她的目的地只有一个。

有梦的人很多，坚持的人很少。就像一场城市马拉松，刚开始时熙熙攘攘，你追我赶；跑到半程时，竞争者变得越来越少；**越往前跑，越敞亮，能跑到终点冲刺的人并不多。**

没有人能从起跑线上看出输赢，那些出其不意跑出成绩的人都有一个共同的特点：他们一直都在奋力前行，从未想过放弃。

成功的路上也是如此，它并没有我们想象中那么拥挤，因为坚持的人并不多。

学历曾让我抬不起头，学习力却让我直得起腰

01

初入社会，我去应聘各种业务、跟单、文员，屡屡被拒之门外，要么被人嫌弃学历太低，要么被人嫌弃没工作经验。

我的第一份工作是在一个西餐厅里当服务员。我很努力，从不偷懒，一天八小时站下来，脚上全是水泡和血泡。

十天后，我被餐厅开除了，原因是“反应慢，手脚不灵活”。被开除的那天，我踩着满脚疼得钻心的泡泡，在大街上游荡了一整晚。

凌晨四点，我看到清洁阿姨清扫马路时，号啕大哭：我好想有一份工作！只要能养活自己，哪怕是扫地掏粪我也愿意！

那一次找工作，我花了三个多月，碰壁碰到怀疑人生。被开除的阴影一直笼罩着我，让我直视自己的笨拙，不敢再去尝试服务类的工作。

而应聘文职类的工作却让我多次栽在学历这个门槛上，即使是

勉强争取到一个面试机会，碰到有关文字功底、英文、电脑等基本技能的考试也会让我迅速败下阵来。

似乎像我这样没读多少书又笨手笨脚的人，就不配拥有未来。

那三个多月，我一天比一天窘迫。在异乡小镇，我曾因为没有落脚的地方而露宿街头，也曾因为山穷水尽向路人乞讨。

曾经在学校耍过的傲气和偷过的懒，一夜之间全跑出来惩罚我。可是，人生是条单行道，我没有办法再倒回高中，脚踏实地地学习，考上大学。

02

我跟随朋友一起进了工厂密集的工业区。这里每一条流水线上都缺工：那种不用动脑、每天重复机械化动作的普工。我如获至宝，报名进了一家鞋厂。

我机缘巧合地得到一份总机的工作，负责在公司前台接电话。

终于能养活自己了，我很珍惜。

工厂做外贸订单，经常有国外客人来访。有时候负责接待的部门经理还没到，客人就在前台等着，我想张嘴跟人搭讪些什么，却支支吾吾拼不出一句完整的话，我决定好好学习英语。

我把业余时间全用来啃单词、听磁带，跟着随身听练习美式发音，一个人模拟情景对话。慢慢地，能跟客人搭上几句话了。

在工厂的第三年是我职业生涯的转折点。工厂举办中秋晚会，我唱了一首英文歌，声情并茂，字正腔圆。全场轰动了，这是我入厂三年来第一次被关注，我第一次让大家记住了我的名字，而不再是高高的前台桌子后面没人注意的小女生。

中秋晚会过后没多久，我就被调到了业务部。别人都说我是个深藏不露的英语高手，只有我自己知道自己下了多少工夫才能流利地与外国客人对话，认真接待多少客人才能正好被老板看到那么一两次。中秋晚会上唱的歌是我唯一会的一首完整的英文歌……

03

调到业务部以后，我更不敢松懈。

开始接触海外客人的时候，常常要花上一两个小时写一封英文邮件，然后用翻译软件一个一个地检查，工作效率很低，加班成了常态。最疯狂的一次是碰到开发旺季，不眠不休地连续工作了30个小时，可是我依然像打了鸡血似的，每天斗志昂扬。

不忙的时候，就去生产线上看人车鞋面、做鞋子，也常常缠着样品室的技术人员教我怎么操作。

单调的鞋厂工作我坚持了6年，后来我跳槽去了一家贸易公司，这6年来的积累帮了我很大的忙。

贸易公司工作量比工厂少了许多，但工作难度又上升了一个台阶。

我不敢怠慢，自知底子差，就多下点工夫，在细节上做得更认真。我在这家公司待了三年，从对工作颇感吃力到游刃有余，一路升级打怪一般地成长，从小助理成长为能独当一面的业务员，然后开始尝试带领团队。

参加工作第9年，我重新开始了我的校园生活，我报了广东某外语学院的脱产培训班。

对于一个从未踏进过大学校门的人来说，即使是在这里上培训班也算得上是圆了我的大学梦。

我很珍惜这个难得的学习机会，在校园里的每一分钟都不敢浪费。

从早上六点半起床到晚上十点半回宿舍，除了吃饭和短暂的午休，其他时间全部都用来学习，就连晨跑或者走路的时候MP3里也是随时放着英文脱口秀。

以这种笨拙的方式与时间赛跑，我在一年时间内拿到了英语四、六级证书，并养成了良好的学习习惯，这种习惯一直延续至今。

04

从学校出来后，我在另外一家女鞋贸易公司开始了新工作，任职外贸经理。

35岁这年，我重新拾起了学生时代的写作兴趣，开了“二次元猫小姐”公众号。阅读、思考、写作，成了我每天必不可少的工作。

世界从此为我打开了另一扇门。

回想这些年的经历，我越发坚信，即使是学历家境差到让人抬不起头，通过后天的努力弥补，也依然能够在社会上直得起腰。只要不服输，你的发展就不会停止；只要不停止奋斗，你就还有许多自己想象不到的潜力可挖。

我仍然是一个普通人，没有飞黄腾达，也没有功成名就，但我一天天地变得更好，而且比我想象中要好。

我喜欢现在的自己，一个尚未成功，却充满希望的自己。

行动，是对抗焦虑的唯一办法

去年，我参加了国家心理咨询师资格证考试。

在报考之前，我的业余时间主要用来写稿和陪孩子，虽然时间不是很充裕，但觉得每天多加半小时任务进来似乎也能承受。

备考期间，我的生活却因为多加的这一项任务变得不堪负荷，各种冲突接踵而至，远没有想象的那么简单。尤其是在考试前十天，我整个人几乎接近崩溃：

当我打开教科书，准备记忆知识点的时候，我担心从未经过真题的训练会漏掉考点，于是，我打开了做题的APP；

真题试卷进行到第二题或者第三题，我发现自己做题的速度太慢，可能会影响今天公众号的更新，于是赶紧打开电脑开始搜索写作素材；

好不容易挤出几个字敲在文档里面，心浮气躁的我又深感无力：我受不了这种不能一气呵成的挫败感！我必须要进行源源不断的知识输入，才能保证不会文思枯竭！于是，我果断地翻开一本哲学书；

随即，孩子爬上我的腿，央求我陪他看动画片。我突然意识到，我已经好久没有陪他一起看动画片了……

陪孩子时，我完全没有精力去跟孩子讲解动画片里他不解的内容，因为满脑子都是稿子没写、试卷没做、书没看。

我陷入了深深的焦虑，甚至是在平时上班的时候，一想到我下班了还有那么多未完成的任务，我就心神不宁。

这种焦虑的状态持续了十来天，我的头发大把大把掉，经常半夜惊醒，以为到起床时间了；我取消了每天的早锻炼，甚至牺牲了早餐时间，想让自己有足够的精力来处理更多的事情，然而常常是在书桌前一坐半天一无所获。

急躁、担忧、烦闷、绝望等负面情绪扑面而来，犹如一场毫无征兆的暴风雪，冻得我几欲崩溃。

考试前一晚，好友问：备考怎么样了？

我说，我只能指望蒙出奇迹了。

她说，最近看你文章出得少，还以为你在专心备考呢！

我便跟她讲了这一段时间以来的经历。

按我以往的备考经验，十天时间足够我做完十套真题试卷；按我写作的经验，十天时间也足够我写出5-6篇完整的文章。结果这十天我却一直在混沌中度过，根本不知道自己做过些什么事情，我对这种一无所获的局面相当懊恼。

好友开导我说：着急没有任何意义，事情总是得慢慢做才会变少。如果你同时为十件事情烦恼，有可能什么事都做不了；但如果你把十件事变为九件事，你可能会觉得轻松一点。

我突然就释怀了，或许我真是完成不了十件事，但如果能完成五件事，总好过一事无成。

千里之行，始于足下，再远的路都要一步一步走，再多的事也是一件一件地做。行动才是打破焦虑的唯一办法。

与好友聊完，我合上书本，开始写稿。我花了三个小时，完成了一篇热点稿，并做了当天的公众号推送。

完成这件事情后已是凌晨时分，我却感觉轻松了许多。

完成一件事情的满足感盖过了我的焦虑，我决定不再去追求十全十美的结果，安心休息，醒来再聚精会神处理第二件、第三件事。

次日，我起了大早，赶到考场去复习。我放弃了费时的真题及公式量表，专攻零散的理论知识点。8：30，我准时进入考场，没有紧张，没有担忧，一门考完，迅速进入下一门的知识点浏览。

三场考试下来，我的任务已经完成了大半。结果或许会不尽如人意，但却是我能发挥的最高水平。

我深知我的这一场焦虑，是太过患得患失的缘故。**越是注重结果，越觉得结果难以达成，于是将精力聚焦于负面情绪，在瞻前顾后中弱化了行动。**

反而在不刻意追求结果的时候，我的每一步都成了意外的收获。

因为，**行动才是通往结果的唯一途径。虽然行动不一定能保证好的结果，但不行动却是一定没有结果的。**

所以，当焦虑来临，最好的方法就是用行动打败它，将目标量化，一点一点地去攻克。

把手边的每一件小事做好，在这个过程中积累的价值感就让人有足够的力量能对抗焦虑。更何况，在全神贯注的行动中，情绪会慢慢变得弱化，根本没有多余的精力来焦虑。

哪怕道路再泥泞，抬脚的人总比蹙眉的人能更早到达目的地。

今天的懈怠，都会变成明天打脸的巴掌

01

一个做文职的小兄弟，找我咨询技术培训的事儿。这可能是他第18次或者第28次找我问了。

最初进入鞋厂，这位小兄弟就表现出对文职工作的不屑和对技术职位的向往。因为技术职位意味着更多的薪酬，还有更强大的不可替代性。

但是，培养技术工是一件非常费时费力的事情，很多工厂都不愿意培养技术小白，一来是没有足够的人力去培训，二来也怕好不容易培养起来的人才，翅膀一硬就跳槽，最终为他人做了嫁衣。

在这种情况下，辞掉工作，出钱去上技术培训班是最好的选择。在培训班里，有专业的老师教设计与开版，也有现成的样品设备锻炼实操能力。

小兄弟第一次野心勃勃地找我咨询完后，就说：等我攒够了学费就去上课。

后来，他说：这段时间工厂招不到人，等有合适的人替代我的位置我再辞职。

再后来，他恋爱了，需要跟女友培养感情。

再再后来，他失恋了，需要一段时间疗伤……

就这样，他目前依然在文职岗位，拿着不太满意的薪水。

但是，我相信，他早已习惯了这份工作。再一次得到答案的他，还会不厌其烦地找我问第19次或者第29次，因为他根本不会行动。

拦在他眼前的，并不是屡屡不凑巧的时机，而是改变的勇气。对失业的恐惧、对学习的恐惧、对陌生环境的恐惧，才是阻止他前进的障碍。

我们常把要做的事情往后推，以为棘手的事情在别的时间做会更容易一些。但情况往往是：**事情的棘手程度并不会自动减弱，我们今天害怕做的事情，明天依旧会害怕，久而久之，我们干脆能不做就不做了。**

02

有一年我去进修，参加英语培训。

许久没有进过校园，我对一切都饱含热情，既珍惜学校的学习氛围，也向往各种联谊活动。跟青春洋溢的同学们在一起演讲、聚会、爬山、烧烤，快乐得心都快飞起来了。

但是，如果花太多时间在这些活动上，我的学习时间就必然要缩短。当天上课的内容无法及时温习，第二天的课程也无法提前准备，再次上课的时候会听得一脸茫然。

当时我很会宽慰自己，听不懂也没事的，因为我只进修半年，半年后回去上班，业余时间大把，完全可以把这半年来落下的课程全部补上来。

我找同学抄笔记，找老师拷贝课件电子档，做好了一切以后努力的准备。毕业时，我还复印了好几本参考书。

事实证明，我并不能预见或控制未来的时间。

出了校园，我的生活模式变成了上班+加班，后来变成了上班+恋爱，再后来变成了上班+带娃。

我的学习计划不断地延后，毕业6年了，我仍未翻开任何一本笔记或参考书，当初拷贝的课件电子档也早忘记存在什么地方了。

时至今日，我已经没有当初学英语时的那份热情，而那些学习资料，我也不会再翻开了。如果当初在校园的时候，少一些贪玩，多一些努力，我掌握的知识恐怕早已融入了我的骨血里，成了我征战职场的利器。

挥霍今天，把眼前的任务许在未来，时间很快就溜走了。

我们辜负了时间，时间也会辜负我们的期待。只有珍惜时间的人，才能得到时间的慷慨，一分一秒都有回馈。

03

生活中，我们常说：等我忙完这段时间，我就去……

事实上，今天你不想做的事情，明天也不会想做。一再拖延，你就真的不会做了。一旦养成拖延的习惯，人就会越来越懒惰，理想的未来便永远不会到来。

有想法的人很多，有行动的人很少，能坚持的人更少。

因为我们对未来的野心，都是超出我们目前能力，并且在实现的路上会有诸多障碍的。对困难的恐惧会让我们的意志力变得薄弱，无法马上行动，或者无法持续行动，总指望着用以后的时间来弥补。

然而，困难并不会随着时间的流逝凭空消失，我们需要付出的努力也不会因为时间变了而略减一分。甚至，随着时间的推移，它的难度还会增加。

此时的懈怠，总会变成将来打脸的巴掌。

别把今天要付出的努力推到明天。**让能力配得上野心的最佳方式，就是此刻努力，积跬步以至千里。**

有脚踏实地的现在，才会有触手可及的未来。

没有横空出世的运气，只有不为人知的努力

01

雪姐是我们几个闺蜜里面最事业有成的一个。

她与老公白手起家，起初是做简单的鞋类五金代理，后来发展成为一家工贸一体的小规模公司，经营范围也实现了大规模跨越。

与雪姐同期创业的同行不少，坚持下来的却不多。常常看到别人夸赞雪姐运气好，雪姐却笑而不语。

少有人知道她一路熬过来的艰辛。

他们2007年起步，生意还没进入正轨就碰上2008年金融危机，当时鞋贸订单急遽缩水，鞋材行业一片哀号。

雪姐找了份工作维持日常开销，留老公一个人在外面跑生意，跑一单算一单。

微薄的家底应付不了生意上的周转，他们很长一段时间都过得很窘迫，精简着一切开支，有时候半个月不去菜市场，就着冰箱里的一点咸菜存货做些简单的饭食。

生意好转的那一年，雪姐怀孕了，辞了职与老公一起打理生意。

怀孕头三个月，她一直在出差途中，搭火车或乘飞机，天南海北地拜访客户。那段时间，她几乎每天都是凌晨一两点才睡，早上六点多就起床，有时候累极了，就靠在客户的沙发上睡一小会儿。

她曾说：创业这么久，好不容易迎来了转机，我不敢歇下来。

雪姐身体底子弱，再加上头几个月营养和休息都没跟上，孩子没足月份就提前出来了。生这个孩子差点要了她的命，女儿降临后，她在重症监护室里住了半个月。

我们赶到医院看她时，她孱弱的身体在被子里面几乎没有什么存在感，一米六的女汉子，生完小孩只有80多斤，看得我们几个闺蜜心疼不已。

雪姐的成功，没有任何侥幸的成分，一切都是她应得的。她能达到别人到不了的高度，全是因为她吃过别人吃不了的苦。

02

没有一条路是白走的，曾经的努力都会变成未来的财富。

有时候，我们看到同一起跑线的人远比我们成功，总会质疑：为什么成功的是他而不是我？我们能看到的，仅仅是他们作为成功者的光鲜，这光鲜背后他们付出过多少努力，却往往是不为人知的。

我很佩服的一个女老板，年纪轻轻就撑起一家贸易公司，在整体鞋贸行业不景气的情况下，公司订单依然持续稳步增长。

她靠的也不是运气，是拼劲。

公司主要做美国订单，与客人的工作时间有时差，她几乎没有过休息日，工厂上班的时候她在上班，客人上班的时候她也跟着上班，连跟家人相处的时间都少得可怜。

她曾说：员工周末休息是应该的，作为老板，没有这个福利。

有一个做皮料生意的朋友，业绩做得不错。

有人以为是运气好，其实他运气真的很一般。他曾被一家鞋厂跑掉几十万货款，十年的努力在顷刻间化为了泡影，一夜之间愁白了头。一切归零后，他重新开始，比之前付出了多倍的努力，除了拜访客户就是盯生产，几乎没有业余生活，为赶一张紧急订单不眠不休是常事。

靠着这股子狠劲，才能在短短两年时间内东山再起。

没有哪种成功是不费吹灰之力的。

03

有段时间，特爱看李尚龙的书，他的经历让我印象非常深刻。

当英语老师的时候，他每堂课都要花几十个小时去备课，每一课都会事先对着墙讲十遍，用录音笔录下来反复听。学生们见到的行云流水般的精彩课程，是他私下跟自己死磕的结果。

同样的态度他也用在写作和影视制作上面，被编辑无数次拒稿，影片票房惨淡都不足以抵挡他全力以赴的决心。屡败屡战，越挫越勇，最终在各个领域里高歌猛进。

就如他自己所说：这世上没有毫无理由的横空出世，不过都是精心准备的必然结果。

好运气，都是拼出来的。

聪明出于勤奋，天才在于积累。把努力当成习惯，你就能把兴趣或工作变成才能，成为自己所在领域里最有话语权的人。

这个时代机遇随时蠢蠢欲动，你的每一步努力，都有可能跟它碰撞出光彩夺目的火花。努力的人，往往运气都不会太差。因为时刻准备着，运气到来的时候便能轻松把握。

运气是个好东西，但它从来都只青睐有准备的人。**努力，便是为迎接运气做的最好的准备。**

很少有什么突如其来的好运。**所谓运气，不过就是时机来了，你正好有能力抓住。**

你有多努力，就会有多幸运。

你眼里的轻而易举，可能是别人的竭尽全力

有次参加一个新媒体大会，碰到很多志同道合的文友。当天晚上，正碰上新华社转发我的文章，就有一个文友说：猫小姐好厉害，稿子轻轻松松就能上大号。

虽然是一句赞美的话，但我却不怎么认同。对于我个人来说，没有哪篇文章的完成是轻而易举的。

从去年六月份开始，我做了每两天推一篇原创文的计划。我的每一篇文章都要经过一天碎片时间的思考，再加上几个小时无干扰状态下的码字才能完成。这对于一个上班族来说，并不容易。

我梳头的时候在构思，走路的时候在构思，上厕所的时候也在构思。一天下来常常是一口水都不记得喝；有时候吃着吃着饭，一个灵感涌现，就马上开电脑记录下来，饭碗就被晾在一边，然后我就忘记继续吃饭了……

我和时间赛跑，白天上班不能码字，就全神贯注处理工作，争取按时下班，把业余时间充分利用。炒菜的时候我开着手机扬声器听写作微课，我把沙发、床头、厕所、餐桌上全都摆满了书，为的就是陪孩子玩的空隙伸手一抓就能读个一章半节。

因为孩子小需要陪伴，我能利用的无干扰时间，就是在他入睡以后和醒来之前。每天等孩子熟睡之后，我再爬起来专心码字，常常是一不留神就写到了凌晨。

我担心工作日没有足够的产出，就在周末铆足了劲写。我的周末，经历过从天亮写到天黑，也经历过从天黑写到天亮，半夜的狗吠和孩子的梦语都是陪伴我码字的背景音乐。

有朋友说我高冷，说我微信聊天从来不回。对于一个舍不得睡觉、连洗头都嫌费时间的人来说，鸡零狗碎的闲聊实在是一种奢侈的浪费。

那段时间我六点起床，有一天睡到七点半，十分懊恼，想想被我睡过去的这一个半小时，有可能就是一篇新的框架，或许是1500字，或许是半本书的阅读量，我就心痛得无以言表。

不是高冷，是真的没时间。

我是一个35岁才找到梦想的人，身处一个被世俗定义为中年妇女、人生已基本定格的尴尬阶段。**我只有为我的梦想拼尽全力，才能探索未来的无限可能。**

抱着这样的心态，我从零慢慢成长。虽然我刚起步，但每一篇文章都不会以新手的标准要求自己，总是尽量打磨到自己满意的程度，这样才偶尔有几篇好的文章被大平台转载。

没有什么天赋异禀，没有什么运气使然。别人看到的每一点进步都是我竭尽全力的结果。

相比更优秀的写作者，我的成绩更是不值一提。我明白，她们的成就背后，都是跟自己死磕的结果。如果我想要达到她们的高度，除了日积月累，别无他法。

现在努力的每一步，都是在为将来的厚积薄发铺路。

我曾经很羡慕一个朋友，她是做皮料业务的，与我目前就职的公司有生意往来。

我们的小孩差不多大，哺乳期的时候，我每天办公室和家无数次来回跑，而她则轻轻松松地把小孩带在身边，谈业务，养生、瑜伽，生活与工作悠然自得，一样也没落下。

我非常向往这种能自由支配时间的生活，以为可以随心所欲地把时间分配给工作与家人。其实不然。

有一次，公司急需一批样品皮，她如约在交货时间出现在我们办公室门口。那天下大雨，她一手扛着几十斤重的皮料，一手推着婴儿车，没有雨伞，打湿的刘海紧紧贴在额头上，画面壮观而滑稽，让人百感交集。

她是打的士到我们这儿来的，为了不让皮料和孩子淋湿，她出门前把皮料用塑料膜包裹严实，并为孩子的婴儿车安好了顶棚，只是腾不出手来为自己撑伞，于是上下车的路上就被淋湿了。

我们笑称她是“女超人”，她却说自己早已习惯了。

跟她聊天，我才知道，在我眼里活得那么滋润的她，有着太多我不曾了解的艰辛：赶货的时候，孩子蜷在车上一睡就是半夜，她心疼不已，却不能停下手里的活儿；出差的时候，她背着瓶瓶罐罐，怕万一找不到适合孩子吃饭的餐馆就直接冲奶粉；若是客户通知有紧急情况要处理，即使孩子正在熟睡她也必须马上抱着孩子出发；由于手臂长时间负荷过重，她的胳膊扭伤了筋，但孩子哭着要抱抱的时候她还是得忍着剧痛把孩子拥入怀中……

这世上的确有许多人过着我们想要的生活，但他们也都经历过常人无法忍受的挫折。

哪有那么容易的岁月静好，所有的安稳都是咬着牙淌着汗换来的。

我在大冰的书里看到过这么一句话：**世事大都走的是抛物线，大凡出人头地，总要欲扬先抑。你要做的，不过是种因待果，不过是业里修身，不过是晴天雨天坦然面对。**

没有谁的成功来得容易，作为普通人，更是如此。

我们都想遇到一个突如其来的机遇，让我们沉寂的生活发生惊天动地的变化，事实上，这种事情发生的概率小到可以忽略不计。我们大多数人，都日复一日地过着平凡的生活。

小人物的机遇，不过是努力努力再努力，让自己再爬高一点，看到的世界再大一点，选择权再多一点。

所以，别人的轻而易举，没什么好羡慕。自己全力以赴，才是出路。

悦纳自己，是我们的成长必修课

有一次看到我喜欢的一个自媒体作者在文章里透露了她在接受心理治疗的情况，并说自己很幸运，感恩又重新活出了自己。

看到她的文字时，我心里满是敬佩。因为，现实生活中，能像她这样和自己达成和解的人并不多。

对于大多数普通人而言，感冒可以让人知道，身体上的伤痛不适也可以让人知道，唯独心理障碍羞于让人知道。

虽然某些心理疾病也被称为“情绪上的小感冒”，可却总不像咳嗽流鼻涕那么见得了光。甚至还有许多人误把心理疾病等同于精神分裂症，以为求助心理咨询师就证明了自己是个神经病。

于是，否认着，遮掩着，忍受着，在自己情绪的苦海里挣扎，看不到岸。

我就认识这样一个人，一个时刻活在负面情绪中的人。

单身时，父母令他不开心；婚后，妻儿令他不开心；工作时，同事令他不开心；就餐时，连服务员也会令他不开心。

他把一切的不开心都归结为外因，在他眼里，他遇到的所有人都是有问题的：父母不合格，没有在幼时给予他足够的关爱；配偶不好好经营家庭，让他感受不到温暖；同事排挤他，让他在工作时遇到重重阻碍；哪怕是面对餐厅服务员，他也觉得自己的尊严随时在被挑衅。

其实，一切对外界环境的苛求都指向内心一个不能被接纳的自己：不能接受自己不受重视，不能接受自己是个有缺点的人，不能接受自己不被认可。

于是，就像一个在高速上走错道的人质疑他人逆行一样，他觉得这个世界待他不公平，觉得自己认识的人都不够通情达理。若有人质疑他的心理健康，他更会激烈否认并攻击对方。

看似不喜欢全世界，其实是不喜欢自己。

很难想象，一个不能正确认识自己，并拒绝接纳自己的人，要怎样才能获得内心的安宁？

我曾在求职时遭遇过一次突如其来的打击。

在人才市场初试的时候，我求职的那家公司经理对我表示出了相当程度的认可。按照流程，我只需隔天去公司完成一场笔试即可。笔试的内容，是我最擅长的专业知识。

第二天，我拿着复试单，被公司的前台挡在了门口。她指着我简历上的学历栏说：我们经理从来不面试高中生。（备注：当时我还未拿到自考大专毕业证，学历栏只能填高中。）

我踌躇满志地告诉她：我就是你们经理从人才市场面试过来的。

她轻易否决了我手上来之不易的复试单，并说除非是经理亲自打电话通知，否则她不会放行。

我没有办法通知她的经理，一场胜券在握的求职就这样恶作剧似的告吹了。

事后，我很愤怒。我猜测前台小姑娘可能是心情不好，正好我成了她发泄的牺牲品。我甚至立志要找一家他们的客户公司去应聘，方便以后刁难报复，让这个小姑娘后悔她的有眼不识泰山。

事实上，我并没有如愿实施我的报复计划。因为在此后的很长一段时间里，我遇到好一点的公司根本就不敢投简历……

我无法接受自己被拒绝，它让我觉得自己不受欢迎、运气不好，甚至很没用。我陷入了深深的自卑，觉得自己这一辈子都不可能在职场上有所作为。

时隔多年，当我从小职员苦熬到第一次晋升的时候，想法才稍微有些改变，觉得自己兴许还能通过努力改变些什么。

想法积极了，人生才有劲。在经历了更多的成长和蜕变之后，我渐渐明白，能限制我发展的并不是学历或命运，而是我自己的思想。

此刻再回想当年的挫折，原因何故已不再重要。重要的是，我已能坦然接受。

我不可能做到被所有人喜欢，被拒绝是再寻常不过的事情。我的能力在当时或许真是不够标准，但不代表以后不能提升。

接纳自己的不完美，才是成长的开始。

心理学上有一种“自我悦纳”的说法。所谓“悦纳”，顾名思义，就是愉快地接纳。接纳自己的好，也接纳自己的不好。

我们有优点，也会有缺点；我们会满足，也会有遗憾；我们会成长，也会犯错；我们会成功，也会失败。

光明与阴影结合起来才是完整的世界，好的我们与不好的我们结合起来才是真实的人生。

我们很容易接受顺境中的那个得意的自己，也要试着去接受逆境中那个无助的自己。

你或许因为个子不高或者相貌不如意而陷入自卑，没错，这些无从改变，但并不能阻止你成为一个优秀的人，不是吗？

你或许还在为原生家庭的阴影而耿耿于怀，没错，你是带着伤，可是并不意味着你不能在与子女的互爱中得到治愈，对吗？

你或许正在因为做错一件事情而懊恼，可是它能说明你未来不能做更多对的事情吗？同理，贫穷、困顿、孤单、失意，这些能代表你的未来吗？

一时的不顺，绝不等同于毁掉人生。

自我接纳，并不是对自己没有要求，而是，让心灵重获自由，选择把精力投入到更有价值的事情上面去，不再对着自己的缺陷纠缠不休。

只有坦然拥抱那个不完美的自己，才会有信心改进自己的不足，以更加积极的态度去面对生活。与此同时，能够悦纳自我的人也会对他人表示出足够的包容与尊重，他们有能力爱自己，也有余力爱别人。

如果你感受过跟自己死扛有多痛苦，就试着与自己和解吧！你最终也会体验到，跟自己和平相处的人有多幸福。

这是一堂成长的必修课。

职场篇

职场不相信眼泪，也没有绝对公平。

你的认知层次，决定了你的职场位置

常常有人抱怨，为什么自己那么努力老板却看不到，为什么自己资质够老却从未被提拔过。有人将此归结为运气不好，也有人因此而推断自己入错了行。

其实，升职加薪，除了努力与资质以外，还有另一个重要的原因，就是认知。一个人的认知层次，决定了他在职场里的层次。

人的认知有四个层次，对应在职场也有四种位置。

最常见的底层认知就是：**不知道自己不知道。**

职场上，这种职员掌握的信息与自己的野心严重不对称，稍有点资历就认为自己经验老道，无所不知。

身在职场，第一职业素养就是知道自己能干什么和不能干什么，从而做出对团队最有利的行动。

这种人很常见，他们大多数认为自己的领导是蠢货，觉得自己技高一筹。不懂，还不太虚心，甚至自以为是，爱班门弄斧。他们往往不太能配合团体的行动。

当一项决策下来，他们的态度要么是表面服从上级，私下直接照自己的意思办事；要么是以他个人为出发点，尽力按他所理解的决策意思来办事，而这种理解偏偏与决策的出发点有偏差。

没有自知之明的人，自己本身不会有成长，而且还极有可能是传说中的猪队友。团队合作追求的是效益，如果因为执行力受到影响从而影响到利益的转化，那么这种人是第一个会被淘汰的，更别提要升职加薪了。

所以，认知底层的人基本上都处于淘汰层。**即使是现时安稳，如果公司有任何变动，最容易被牺牲掉的就是他们。**

认知的第二个层次，是**知道自己不知道**。这种人在职场上一般稳居执行层。跟上一类人比起来，他们的判断能力和执行能力更强，是企业壮大的基础。

他们知道自己的不足，也因此有着强大的求知欲，懂得在一个环境里找准自己的位置，能够准确理解上级传达的工作思路，并试图通过学习和探索改进自己的短板。

我在职场上遇到的第一个榜样，就是这样一位明智的姑娘。

有一次她在跟客人讨论项目的时候，坦言自己没听明白，我问她："直接在客人面前表示不懂，客人难道不会对你失去信任吗？"

她却告诉我："每个人都不是无所不知的。承认自己不懂，一点都不丢人，反而，不懂装懂，导致做事的结果不理想，才会让对方失去信任。"

现实生活中，往往是敢承认自己不懂的人懂得更多。因为那些认为自己很懂的人，无一例外地对新知识有着本能的抗拒。一旦浅尝辄止，就只能原地踏步了。

有不懂的不会的不丢人，不懂装懂那是真丢人。

只有清楚地知道哪里不行，才可以不断地学习和进步，用团队合作和自我学习来弥补短板。

每个企业都在竞争中奋勇前行，升职加薪的人一定是能和企业一起成长的人。一成不变、原地踏步的人，在职场中没有未来。

认知的第三个层次，是**知道自己知道**。他们对自己的认知和定位很清楚，能在工作中充分地发挥自己的一技之长。**技能型人才和管理型人才都属于这个范畴，在自己擅长的领域里面深耕细作。**

我曾经很敬重的一个上司姐姐，就是这样一步步走上管理层的。

她刚入行时，做产品开发。有一次，一款鞋子的生产出了问题，源头刚好就卡在质检部和生产部之间。这个时候，两个部门没有一个人跳出来解决，因为此时谁先出来，就意味着谁要承担责任，很多人都不想背这个锅。

当时已进入生产流程，本已不关开发部门的事，但她却自告奋勇地跟老板说要去和贸易公司的客人沟通，尽量将工厂损失减到最小。

上司姐姐很清楚在这个事件中她自己能做什么。她不仅单枪匹马地摆平了这个难题，同时还把贸易公司的流程摸了个透。这段经历，为她日后的跳槽和升职助力不少。

她回忆这件事的时候跟我说：“当你面临挑战，首先就是要对风险和收获做个预估，再平衡两者之间的关系，做自己能做且擅长的事情。”

纵观优秀的管理者，无一不是掌握着本行业必备的专业技能，并有着不错的统筹能力。他们清楚自己与合作伙伴的优势，并且能很好地发挥自己的优势，与企业达成双赢。

企业中苦劳不加分，功劳才加分。竞争激烈的职场中，讲价值不讲资历，知道自己所长的人，才能步步高升。

认知的第四个层次，是**“不知道自己知道”**，也就是我们常说的空杯心态，这种人处于认知的顶层，能到达这个境界的人，大多通透。

他们目光长远，思维敏锐，却能以谦卑的姿态成长，格局超凡。

乔布斯曾被苹果公司解雇过，这件事当时给他带来近乎毁灭性的打击。但冷静下来后，他选择重新创业。他充分总结自己在苹果公司失败的教训，避开之前跳过的坑，再一次成为美国著名的创业明星。

12年后，他因为卓越的能力被苹果董事会再次请回，重新担任CEO，迎来了更大腾飞。针对这一段经历，乔布斯却说：“被苹果公司解雇是至今为止我身上发生的最棒的事情。已有的成功的枷锁被打破，转而获得一个轻松的开始，不必对所有事情了如指掌。这使我进入了一生中最富有创造力的时期。”

只有空杯心态，才能打破固有的思维框架，实现认知突破，最大限度激发自己的潜能。

横在我们成长路上的障碍，从来都不是未知的东西，而是那些已知的、我们以为已经足够用了的东西。人一旦开始骄躁，思想就停止了成长。

洞悉世象格局却不动声色，是认识的最高层次。能达到这层境界的人，他们已经在山顶了。

从节后开工的状态，就能看到你的未来

01

我有拖延症，每年春节长假、十一或元旦长假前后，病情就加重。

按我们拖延症的习惯，能拖到明天完成的工作绝不在今天完成，能拖到下周完成的工作绝不会提前到这周。

于是，每到假期结束开工的时候，就是我最难受的时候。从假前拖到假后的工作已堆积如山，但人却无法迅速进入工作状态，每每此时，焦虑便从四面八方袭来。

为了对抗焦虑，总得要上QQ或者微信跟闺蜜诉说一下自己有多忙吧！总得跟同事交换土特产嚼嚼小零食舒缓一下心情吧！

晃晃悠悠的，一天就过去了。

到了下班时间，工作还没开始。难不成开工第一天就要加班？当然不能，那么今天就算是形式开工，明天再正式开工好了。

拖拖拉拉的，一周也很快过去了。

到了第二周，假期堆积的工作还没处理完，新的任务又来了。有时候早上一醒，想到还有那么多工作等着要处理，恐慌就扑面而来。

拖得不能再拖了，就加班；稍微轻松一点，再继续磨蹭。春节、清明、五一、端午等假期接踵而至，这种疲惫与焦虑的状态就周而复始地上演。

我曾听一个领导说：从一个人开工的状态，就能看到他未来三五年的发展情况。

这话挺有道理的。**开工进入不了状态，拖延的习惯就会渐渐深入骨髓。**

千万别小看一两周的散漫，当我们习惯了今天的事情拖到明天做，那么明天能再等等的事情也会拖到后天。

当工作积压到了一定的程度，我们就很难再追求把事情做好，只能要求自己尽力把事情做完，久而久之，我们对自己的要求就会变得越来越低。

因此，从一个人节后开工的状态，的确是能看到他的未来的。

02

我曾有一个同事，对自己要求非常严格，永远是今日事今日毕。

她办事效率高，三小时能做完的事绝不拖到五小时；一件事若能做到十分完美，绝不允许自己只做到八分。

每年春节后开工，她总是第一个进入工作状态，当我们还懒洋洋地在跟同事交流去了哪些好玩的地方吃了哪些难忘的美食时，她已经处理好了假期堆积的客户邮件，并列好了未来一周的工作计划。

她的雷厉风行让她显得有点不太合群。还曾有人奚落她：表现得那么好，公司也并没有给她升职加薪，能偷懒的时候如此卖力，是脑子有泡吗？

事实证明，脑子有泡的是我们。

那一年，我们美国市场的主力客户在金融风暴的冲击下宣告破产，我们已经运到海外的货一分钱也没拿回来。公司遭遇重创，勉强支撑了五六个月，最终还是解散了。

失业后，我们才发现，前公司提供的舒服环境已经让我们退化得毫无竞争力。我们看得上的工作屈指可数，却都无一例外地看不上我们。资质平庸，怕吃苦，对自己要求不高，对待遇要求却不低。很多公司宁愿招应届毕业生都不愿意招我们这种眼高手低的老油条。

不合群的那位同事是最先找到工作的人，而且进的是一家外贸名企。这家公司的业务遍布全球，能进去的人几乎都掌握两门以上的外语，这是我们想都不敢想的。

我们都知道她原来只懂英文，没想到她却用空余时间自学了日语，经过两年多的积累，水平相当不错。出色的语言能力，过硬的专业知识，到哪里不吃香呢？

我们自作聪明地把三五个小时的工作量扩充到八小时，她却能尽可能高效地处理完毕，省下来的时间全用来充电。

普通人之间的差距，大多是从时间管理能力上拉开的。

03

从开工第一天的状态，最能看出一个人的自律程度。

一个没有自律意识的人，很难在可以偷懒的时候精进。尤其是在某一个环境里待久了之后，知道哪些边界是可以踩的，哪些错误是可以犯的，就更加不会严格要求自己。

开工第一天表现散漫的人，多半平时的状态就一直散漫。他们的斗志早已被温水煮青蛙的生活消磨殆尽，眼前的舒适感会让他们对所处的环境高度依赖。如果环境没什么变化，他们未来的三五年也不会有什么变化；环境一旦有变，他们便会措手不及。

一个高度自律的人，从来不会在任何时候放松对自己的管理。勤奋对于他们来说就是一种习惯。他们内心笃定，明确地知道如何往更好的方向去控制自己的行为与思想。

即使是长假后返工，他们也能在第一天就迅速进入工作。他们的收获可能在三五个月之内看不出来，但是不出三五年，他们就会爆发出惊人的力量。他们对环境的适应能力超强，无论环境如何变化，他们都能让自己立于不败之地。

以什么样的姿态拥抱开工第一天，就能以什么样的姿态拥抱一整年。

如果你也有假期拖延症，希望以下建议能对你有所帮助：

1\. 制定工作计划。

将假期堆积的任务分解，按轻重缓急排序，这样会让你的努力更有方向。同理，周计划、月计划、年度计划，都是值得坚持的，它们会让你的人生更有目标。

2. 训练自己的自控能力。

预计处理一个PPT需要半小时，那么在这半小时内，就只允许自己的精力放在这个PPT上，其间的手机信息、电脑右下角跳闪的QQ或微信，都不能成为你的干扰。多次尝试之后，高效工作的习惯便能深入骨髓。

3. 养成学习的习惯。

行业内的专业知识掌握得越多越好，这样能提升你处理高难度问题的能力。行业外的知识也可以了解一些，这样，即使眼下的工作不如意，你也会有一个不错的PLAN B。

4. 保持良好的生活习惯。

早睡早起、坚持锻炼，都会让人精力充沛，更加高效地投入到学习和工作中去。同时，健康的体魄也能让人心态更加积极。

5. 坚持一样兴趣。

坚持一件不喜欢的事情可能很难，但坚持自己的兴趣会相对比较容易。如果你能将一件事情坚持下来。

从不放松对自己的要求，你会对未来的一切挑战充满激情。

有一种人，最容易成为职场炮灰

临近岁末，朋友所在的公司进行年终奖制度改革。

前些年，他们公司的年终奖都按资历拿，员工在公司待得越久，拿到的年终奖就越多。今年管理层决定要按绩效来进行审核，员工在一个岗位上表现得越出色，越能拿到优厚的奖励。

从鼓励“做得久”，到鼓励“做得好”，这不是一个简单的过程，会冲击到一大批老员工的利益。规定一出，公司从上到下一片哗然。

员工们开始以他们的方式进行抗议。

周六上午有外宾来访，照惯例需要全体加半天班，然后再分批调休把这半天补回来，公司一向这么做，没有什么异议。然而这一次，却有将近一半的人没来。

老板的态度很强硬：今天不来的，以后都不必来！

朋友是公司总务，他挨个打电话向缺席的同事们传达了老板的意思。很快，感冒的、拉肚子的、带孩子打预防针的、家里有事的人都在半小时之内迅速到岗了。

只有三个人手机关机联系不上，这三个人都是刚入职不久的新员工。

这场闹剧，最终以这三个新员工的离职而告终，没有谁再对年终奖评定方式表达任何不满。

有一位员工在离开的时候向朋友说明了事情的真相：原来在接到加班通知后，就有几个老员工号召着他们一起旷工，并且约定集体关机，让公司找不到人。

那位员工委屈地说：谁知道关机的就三个人呢？他们背叛了！

朋友很坦率地告诉他：不是他们背叛了你，是你背叛了你自己的利益。年终奖改革，论功行赏，你不必苦熬多少年才能得到与他人同等的机会，只需把你的工作做出成绩来就好，这个制度对你有益无害，然而你的做法却是自毁前程。

朋友说，其实到底是哪些人对改革不服气公司高层都清楚，因为改革对有能力的老员工并不会造成太大的影响，改革的目的也是要针对那些在其位不谋其政的老油条。这些人惯于偷懒耍滑搞小帮派，新人若误以为他们有影响力，就免不了会向他们示好。事情发生的时候不经思考匆忙站队，分分钟就成了炮灰。

职场上，还真不能一味地追逐人情而丢了脑子。

我也亲历过类似的事情。

那时在一家外资公司上班，公司从一家快倒闭的工厂那边接下了一个样品室。

经营了两个月之后，样品室突然全体罢工，以此要挟加薪。因为老板不懂中文，无法亲自与员工进行交流，于是平息罢工这事儿就由我和样品室经理一起进行。

工人们拒绝上班，我们决定采用单独约谈的方式，逐个击破。

约谈到第五个还是第六个的时候，我们心里对罢工事件的发起人就有底了。大部分人为了撇清自己的责任都主动跟我们讲了事情的来龙去脉，他们的态度是：我渴望加薪，但罢工这事儿跟我没关系。

事件的发起人是生产线上的一个小组长。但当我们找这个小组长约谈的时候，他显得很无辜。他的态度是：加不加薪我是无所谓，可是你们如果不加薪就平不了民愤，下面的人会闹，我试过叫他们来上班，他们都不来。

态度最强硬的是两个贴底的员工。他们昂着头，用鼻孔发誓：没什么好谈的！必须加工资！反正你们要是给不到我们满意的薪水，我们是不会开工的了！

当时觉得他们又可笑又可怜。他们肯定没有想到，他们的队伍只剩下两个人了。

争取福利本无可厚非，可被人一煽动就控制不住情绪，非要采取极端的处理方式，无异于引火烧身。最后煽动他们的人倒戈了，他们还抱着一腔孤勇自我麻醉着。

在如实反映了约谈结果后，老板最终的决定是开除两个贴底的员工，始作俑者小组长的工作却得以保全。

我不理解为何擒贼不擒王，老板却说：但凡闹事，都只需枪打出头鸟，惩罚闹得最凶的两个人就够了。他们是最不安心工作的人，不管谁唆使，他们不经任何思索都会积极响应。

老板认为，小组长爱惜自己的工作，他会在自己的岗位上创造出公司所需的价值，所以值得留；两个闹事员工并不在意自己的工作，能为公司创造的价值有限，必须果断放弃。

我们在看是非，老板在看效益。

经过那件事我才明白，在职场上，没有自己立场的人最吃亏。

马丁·路德·金说：一个没有立场的人总是相信任何事。

因为没有立场，所以很容易因为别人的示好而变得掏心掏肺，也很容易因为别人的煽动而变得思想偏激。

他们做事不考虑后果，不权衡利弊，大部分时候，行动都是随大流，别人的立场就是他们的立场。别人罢工，他们也跟着罢工；别人造反，他们也跟着造反，却很少静下心来思考，我为什么要这样做？我的目的是什么？

随大流本来是他们自我保护的方式，然而大流改变方向的时候，他们却刹不住车，一头扑在沙滩上。

这种人，最易成为职场上的炮灰。一方面，他们没主见，好拉拢，容易被人利用、替人背锅；另一方面，他们思考力不足，很难委以重任，关键时刻，他们是最容易被放弃的人群。

身在职场，一定要有自己的主见。

当我们从事一份工作，报酬、价值感和个人成长必定都在我们的考虑范畴之内。由于岗位不同、做事方法不同、个人感受不同，工作带给每个人的回报都是有差异的。如果常受别人的情绪影响，就会很容易迷失初心，忽略自己从事这份工作的目的。

有主见的人，不会被人牵着鼻子走，也不会浪费心思去钩心斗角。他们想要的东西，都会靠自己的能力去争取。

碰到兴风作浪的人，就由他们去吧！省下点附和的精力来关注个人成长，毕竟，**再多的幺蛾子，都抵不过一身好本事。**

职场没有绝对公平

按公司规定，丽娜所在的业务部每年夏天都有一个去美国拉斯维加斯参加秀展的名额。

丽娜等这个机会等了五年，连部门的其他同事都以为今年出国的机会非丽娜莫属，结果老板却挑了新人小周，这个决定让丽娜倍感失落。

论资历，小周是刚入职不到一年的菜鸟，而且前几个月是做行政，调到业务部才半年时间。丽娜却已经在外贸行业摸爬滚打多年，成绩不容忽视。

论能力，小周虽有冲劲，但毕竟太过稚嫩，有着初生牛犊的莽撞，离骨干还有一段距离。而丽娜带领着一个四人组的小团队，稳扎稳打，处理任何突发状况都游刃有余。

论英文水平，小周不过是靠着大学里的一点四级底子勉强撑着，连业内专业术语都是近半年调到业务部以后恶补的。而常年与外国客户打交道的丽娜却有着足够多的实战经验，英文的流利程度都快赶上母语了。

进外贸行业这些年，出国一直是丽娜的梦想。丽娜说，当初就是看准这家公司有出国机会才进来的，可眼见着时机成熟，却被他人抢走了，实在是很沮丧，为自己的努力觉得不值。

丽娜怎么也想不通，小周那小子就这么轻而易举地拿到了她等待已久的名额。

我问丽娜，小周是否还有别的优势可以压倒她。丽娜思考了片刻回答："公司的人都知道小周有个亲戚在拉斯维加斯，难道这也算得上优势？"

我建议我们一起做一个分析：**假设我们处在老板的位置上，会因为什么原因挑选小周去国外参展。**

我们仔细分析了一下，排除我们看不到的因素，老板挑选小周可能有以下原因：

1.此次参展是与老板同行，而老板娘正好因为动了手术没有办法一起去。单独带着丽娜，其实是埋下了风言风语的种子，让老板娘疑心重重。而如果带一个男生去，就完全不会有这种风险，老板娘安心养病，老板高高兴兴出差，也不担心被查岗。**从这点上来讲，小周有着性别上的优势。**

2.小周有个拉斯维加斯的亲戚，这也是很关键的一点。老板在拉斯维加斯人生地不熟的，如果有一个向导，可能会方便许多。展会时间是三天，而整个行程安排却有七天，如果有一个熟人在当地做向导，说不准能有一场品质不错的商务旅行。**从这个角度看，小周还有着资源上的优势。**

3.公司这两年人员不是很稳定，与小周同时进来的实习生一共有六个，却都已经离开得差不多了，小周是为数不多坚持下来的。

公司需要新鲜血液，小周作为公司的新人，如果有这么好的一个机会给他，他会在公司做得更久、更卖力，而其他新人看到小周的福利也会对公司更有信心。**仔细想想，这些确实是小周前景上的优势。**

丽娜听着听着，眼泪就出来了：**这不公平！**

的确，这三条不管从哪一条来讲，对丽娜都是不公平的。**但从老板的角度来讲，每一条都是符合利益的。**

可以说，职场里没有绝对的公平，公司永远都是利益至上。

当公司的利益与你所期待的公平发生了冲突，只有一条法则可以遵循：要么忍，要么狠，要么滚。

这是处理人际关系的黄金定律，也是行走职场的行为规范。

忍，就是心平气和地接受不公平的状态，趋利避害，戒骄戒躁，争取长远的发展。不去计较那些不可控的失败因素，重点关注自身的成长，慢慢地储备知识经验和累积人脉，提高自己的核心竞争力。在“忍”的过程中，提升自己的修养素质也是关键，工作态度永远是影响工作能力的最大因素。

狠，就是要让自己强大起来，做到别人无可替代，你的核心竞争力就是你与老板谈判的筹码。有了这个筹码，你就可以去跟老板争取自己想要的福利。“狠”的前提是，你必须要是组织中不可或缺的核心力量，这样你才有话语权。一般来说，经历了长年累积的“忍”，才会有“狠”的资格。如果老板可以分分钟找人来换掉你，你要狠的时候老板会比你更狠。

滚，就是觉得自己难以忍受，怎么努力也无法改变现状的时候，果断离开现在的位置，去寻找更合适自己的平台。公司与职员之间的雇佣关系也犹如一场相亲，不真正相处，你也不知道是否与对方步调一致。如果觉得公司的运转模式不适合自身的长期发展，重新进行职业定位，才是解决之道。前提是，你要够“狠”，不缺这一口饭吃。如果做不到，就参考第一条规则，继续“忍”下去。

职场不相信眼泪，也没有绝对公平。

谁强大，谁就是规则。

千万别小看那些肯吃亏的人

01

办公室经理二胎临产将近，因为身体原因要提前休假。

老板常年不在国内，办公室不能群龙无首。正当大家纷纷猜测新来的经理是男是女的时候，一纸任令下来了，业务部的助理被破格提拔，升职为经理特别助理，在经理休息期间全权代理经理的工作。

业务部助理，个头小，皮肤黑，人称小黑妹。论学历，论资历，她都不是最出挑的一个，但是，她有一点大家都比不上的本事，就是**不怕吃亏。**

我们公司小，基本上是一个萝卜一个坑，没有闲职，每到有人请假，找人代班就是件头疼的事儿。没人喜欢代班，一个人做两个人的工作，工资却照旧只发自己那份，这种吃亏的事，除了小黑妹，办公室找不出第二个爱干的人。

有一次，开发部有个姑娘要请婚假，部门内部却没有人愿意接手工作。当时正值开发旺季，每个人手头上都有一大堆活儿，谁也不想再往身上揽多余的任务。

正当经理束手无策时，小黑妹自告奋勇地站了出来，解了燃眉之急。

准新娘同事是个有责任心的人，她在休假前手把手教会了小黑妹工作流程，小黑妹的学习能力也很强，加班加点地训练了一周就能独立代班了。此后，只要有人请假，大家第一个都会想到小黑妹。小黑妹入职三年代班无数，也代出了一身好本领。

这次升职，大家虽然意外，却也心服口服。因为全公司，除了经理和小黑妹，没有第三个人能从头到尾熟悉公司的每一个环节。

于丹曾说：**世界上1%的人是吃小亏而占大便宜，而99%的人是占小便宜吃大亏。大多数成功人士都源于那1%。**

小黑妹，就是吃小亏而占大便宜的人。

02

老板也很欣赏小黑妹，他曾说：**不要小看那些敢吃亏的人，不肯吃亏是精明，敢于吃亏却是智慧。**

老板有个原则，接单后，他会挑最好的原材料去进行生产，哪怕客人看不出，他也不会为了利润偷工减料。

公司创业初期，做过不少亏本买卖。公司主要承接外贸订单，原材料都是在境内以人民币买进，成品运出以美金卖出。有一段时间，美金汇率波动特别大，常常是谈好的单价，经历了几个月的生产期，到了出货的时候产品已经低于成本价了。

那一段时间，有不少同行接了订单后就直接在原材料上动手脚，以B料代A料使用，客人发现了就告诉客人这已是单价许可范围内的最好材料，并趁机涨价。

有一次，下属工厂私下更换了原材料，老板大发雷霆，要求工厂全数重做。因为重新购料和生产耗费了不少时间，交期被耽误了。

老板为了让货物准时到达客人仓库，几万双鞋子全由海运改为空运，由他自己承担空运费用。那一次，他甚至找了民间贷款来做资金周转。

老板不怕吃亏的风格最终并没有让他吃亏。公司的口碑越来越硬，客源越来越稳，订单以势不可挡的速度蹿升，那半年的亏损很快就赚了回来。

吃不吃亏，得看个人格局。聪明人分两种，一种人把自己的利益摆在首位，精明算计，别人占不得半点便宜；另一种人，却先考虑他人的利益，豁达乐观，丝毫不怕自己会吃亏。

前者最终只能贪图眼前的小利，后者却能赢得口碑和长远的发展，这就是一个视野的区别。

视野辽阔的人，纳天地于心中。他们关注的是长远的利益，不会计较眼前得失。“舍”对于他们来说是付出也是投入，在他们的字典里，没有“吃亏”这一说。

03

李叔同大师曾说：**能受苦方为志士，肯吃亏不是痴人。**我们眼里成功的人，都是些不怕吃亏的人。这些人的智慧就藏在他们吃的

“亏”里。他们敢用“亏本买卖”来赢得客人的信任，敢用“侠肝义胆”为自己广结人脉，敢舍弃一次次的蝇头小利来为自己争取更多的资源。

李嘉诚创业初期，接到过一张美国订单。客人下了订单后不久突然提出取消，这对于当时的长江塑料厂来说是一笔巨大的损失。然而，李嘉诚却没有让这位客人做任何赔偿。

虽然没有和这位客户合作成功，这位客户却间接地促成了长江公司的第一桶金。

不久以后，李嘉诚陆续接到许多来自美国的订单，全是这位客人介绍过来的。一张违约单，为他打开了大局面。

李嘉诚还有一个著名的“六分哲学”。他曾告诫儿子李泽楷，和别人合作，假如拿七八分是合情合理的，那么你拿六分就可以了。

“六分哲学”，也是一种吃亏哲学。虽然表面上拿六分没有别人拿七八分利润高，但大家都知道与他合作是双赢，潜藏的商机就源源不断地来了。

做事肯为别人考虑，别人受以恩惠自然会投桃报李。肯吃亏的人，他们收获的远比他们舍弃的多。

古人云：“吃亏是福。”吃亏，意味着某种程度上的舍弃与牺牲，本身并不是件好事。但是吃亏背后所积累的经验、人缘、机遇，都会在未来的某一天变成命运的馈赠，成为深厚的福泽。

千万别小看你身边那些肯吃亏的人。敢吃亏者，都有大智慧，他们最终并不会吃亏。

害怕犯错，就是最大的错

有一次老同学聚会，多年不见的小芸也出席了。

饭后，大家约着去KTV，小芸推说家里有事要先走，被同学们留了下来。

这种场合怎么能没有小芸呢？要知道，当年的小芸可是班上的小明星，既长得漂亮，又能歌善舞，初中还没读完就作为特长生被一家艺术中专招了过去。

参加工作后小芸鲜有跟大家联系，如今能再次听到小芸一展歌喉，大家都感觉挺兴奋的。

没想到，小芸在同学们的拥簇下唱了一首口水歌就不再碰话筒了。

大家当然不肯善罢甘休，有热心的同学干脆点了几首选秀歌手常用曲目，然后直接把话筒递到小芸手中。

面对大家的盛情，小芸面露难色地告诉我们：她已经十几年没在公共场合唱过歌了。

我们很诧异，当年那只做值日都会唱歌的百灵鸟，似乎变了一个人。眼前的小芸，羞怯安静，唱起歌来运气发声毫无技巧，一点也不像受过专业训练的样子。

小芸无奈之下道出实情。

原来，中专第二年，小芸被选为艺校代表参加市电视台中秋晚会的录制。彩排后节目组觉得小芸的曲目可以用来压轴，便把她的表演顺序调整到了后面。

等待演出时，小芸饿极了，填了几个萝卜饺子充饥。没想到，在演出时，刚飚到高音，萝卜饺子就在小芸胃里翻腾出一股气流：一个响亮的饱嗝从小芸嘴巴边溜了出来，通过麦克风传到了现场每一个角落。

小芸硬着头皮唱完了下半段，中途几度忘词，只能哼唱着蒙混过关。最后，这个节目被剪辑掉了没有播出。

从此以后，小芸就不敢再登台唱歌了。她怕打嗝，怕忘词，怕出错。

听完小芸的故事，KTV包房里一片沉寂。

善解人意的老班长拍了拍小芸的肩说：妹妹，不用对这件事耿耿于怀。当初在现场看过你出丑的人，现在还有几个人记得你呢？没有人生而完美，犯错是正常的，一个失误并不能否定你的一生。

老班长的一席话，让我想起我初入职场时遇到的一个主管。

最初接触外贸行业时，我对一些专业术语的英文不太了解。

有一次，我把一个小配件的材质理解错了，造成十几双样品鞋生产出来都不是客人想要的模样。

我胆战心惊地向主管辞职。

辞职信被主管扔了回来。他语重心长地对我说：**想要学东西，就不要怕犯错。要知道，以你的地位，捅不出多大的篓子，你眼里天大的错误，都是在我们的预料范围之内。**

主管还宽慰我说，他也是**在犯错中成长起来**的。

当时我是不信的。主管在我心里堪称完美，事无巨细都处理得面面俱到，有时其他部门操作失误，他还会力挽狂澜帮公司及时追回损失。

但是，随着自己职场生涯的发展，我却深深地理解了他的话。

当年在主管的鼓励下，我不再畏首畏尾，不懂就问，没人教就自己摸索，犯过些不大不小的错误后，我羽翼渐丰。

在那些错误里，我学会了规避风险，学会了应对危机。随着经验的积累，我能犯的错误越来越少。

等我爬到当初主管那个位置时，我已掌握了不少专业知识，并能预见每个流程中可能出现的状况，也能在问题出现时当机立断采取补救措施。

与此同时，我还有余力去精益求精，把事情做得更细致和完美。

如果当初不是主管提点，我可能至今依然在害怕犯错的误区里徘徊，有可能还只是一个基层的小角色，也可能早对这个行业失去了兴趣。

所谓失败是成功之母，无非就是犯过了足够多的错，积累了足够多的教训，从而造就了所向披靡。

害怕犯错，本身就是一种错。

职场如此，人生亦如此。

我们在某一种生活模式里待久了，会拒绝尝试新的挑战。因为人生的每一步选择都会有风险，基于对未知的恐惧，我们会认为梦想的生活固然诱人，但现实的稳定却更安全。

于是，宁愿日复一日、年复一年地重复某一种生活，也不敢轻易跳出舒适区。

可是，未来既有风险，也会有机遇。守着现世的安稳，会错过未来无数的可能。你又怎知，未来就一定没有安稳呢?

想做某件事情，就勇敢迈出第一步，即使走错路，也比原地踏步更有收获。

更何况，有些事情也并没有我们想象中那么难，我们眼里的困难都是自己给自己设限。只有抛开杂念，全力以赴，我们才会知道自己的能力在哪里。

成长本身就是一个不断试错的过程。不断地在错误中进行自我反省和总结，我们才会逐渐变得睿智练达、目标明确，从而做到有所为有所不为。

为了“害怕犯错”而放弃成长，那才是人生最大的错。

有些弯路，是必走的

01

丹妮在一家外贸公司工作。

有一季，丹妮接了一笔非常棘手的单。订单数量不小，生产到了一半的时候，客人修改了设计稿，而且不由分说地拒绝延期交货。彼时上万米的布料已经成了裁片，马上就要上机器针车了，按客人的修改意见，这批裁好的布料就作废了。

丹妮按照自己的经验把材料的损耗统计了出来。她原本计划通知客人这批货来不及改，并请老板出面，请求客人按旧稿进行生产，这样才能避免公司的物料损失。

结果，丹妮在跟老板报备的时候，老板做了一个令她出乎意料的决定：按客人的修改稿进行生产。

老板交代采购人员重新订料，并亲自吩咐工厂把其他可以延期的订单往后排，这张单进行加急处理。裁好的布料裁片，留到淡季的时候再做成衣服卖库存。

丹妮粗略估算了一下成本，这笔订单的耗损要远大于利润。她不解，问老板为什么要做亏本买卖。

老板说：等到下季的时候你自然会明白。

果然，到了第二季，这个客人的订单突然翻倍增长，跟新季的利润比起来，上一季的亏损实在算不上什么。

丹妮打心底佩服老板的英明决策，她问老板，为什么就能准确地预料到那一单的亏损是可以赚回来的。

老板说：从客人反复修改设计和拒绝延期这两点，就足以看到这笔订单对他们来说很重要。这个客人订单数量很大，但与我们合作次数不多，这说明客人对我们的信任还是不够。这笔订单亏本出，客人心里不会不明白，我们全力以赴卖他们一个人情，他们自然会投桃报李。

丹妮感叹：老板果然是老板，格局就是不一样。

老板却说：**什么格局啊、智慧啊，弯路走多了，就来了。**

02

原来，十年前，老板刚开始做生意时，也是精明算计，从不做亏本买卖。

有一次客人把订单下晚了，赶不上百货公司的货品上架时间，要求老板将运输方式由海运改为空运。由于有合约在先，而且很明显是客人的失误，老板便拒绝出空运费用，按照合约把货物安排为海运。

货物漂洋过海地到达客人仓库时，百货公司刚结束了一轮感恩节销售旺季。百货公司因缺少新货上架蒙受了不少损失，拒绝接受迟到的货物，还要求老板的客人赔偿损失。

客人官司缠身，名誉受损，很快就出现了资金周转困难。同时被拖垮的，还有供应链上的贸易公司们，老板的公司就是其中一家。

老板说，**年少气盛的时候，有些弯路是必须走的。就像登山一样，如果从未涉险，就不可能有抵御风险的能力，自然也就攀不上高峰。**

后来，当了主管的丹妮将老板的“弯路理论”运用得淋漓尽致。

在下属眼里，她是个很不近人情的上司。常常把一个案子丢到团队成员手上，什么都没有交代。

曾有小伙伴提建议说，如果丹妮用自己的经验稍微给大家提点一下，流程是什么样？哪些细节要注意？出了问题要怎么解决？就能避免大家少走很多弯路。然而丹妮却很坚持：让我讲一遍怎么做，跟我自己动手做有什么区别？

果然，丹妮带的这个团队，战斗力永远是最强的。

如果员工只习惯于听命行事，处理问题的能力就无法得到提升，团队能力也会长期停留在执行任务的阶段。相比大家走的弯路，原地踏步才是更可怕的。

03

如今很多年轻人都希望能从前辈那里听一些现成的经验，以便少走弯路。但事实上，听道理是一回事，领悟却是另外一回事。

有些道理，非得我们亲身走些弯路才能理解。

读书的时候，老师和家长都说：不好好读书，以后踏入社会要吃亏的。我不以为然。待我踏入社会，吃够了没文化没学历的亏，才重拾对学习的兴趣，恨不得争分夺秒地读书。

曾有朋友戏言，如果我在学生时代就有这份努力，如今可能早有成就。其实不然，以我当时的见识来讲，我根本意识不到知识对我的重要性，即使侥幸考上大学，也只会认为是完成了人生中的某项任务。

没有经历过职场碰壁，我这辈子也很难爱上学习。哪怕是踏入社会的起点略高一些，也不过就是换一个地方执行任务而已。

所以，高考落榜于我而言并不算是一件坏事，它让我知耻而后勇，学会了反思，对我反而是一种成全。毕竟，持续的学习力与思考力，才是我人生进阶的底气。

人生路上，该碰的壁，该吃的亏，少经历一点都不会让我们如此清醒。没有谁的人生是一路高歌猛进，曲线成长才是人生常态。

人说，**吃一堑，长一智**。那些生活中的智者，往往都是走过不少弯路的。受过委屈的人更懂慈悲；体验过无奈的人更懂取舍；经历过一段孽缘，下一次就能绕过火坑；遭遇过失败的重创，会更明白成功的方向……

所有弯路上山重水复的迷茫，都会在尽头转化成柳暗花明的希望。那些更大的格局和更深的智慧，往往都藏在我们非走不可的弯路上。

所以，走弯路没什么可怕，虽然辛苦，但总好过原地踏步。弯路上的收获，也有可能会在未来的某一天，带给我们出其不意的惊喜。

有领悟的人生才是丰盈的人生。

把兴趣当工作只是本能，把工作当兴趣才是本事

我很敬重的一个上司姐姐，是业内公认的工作狂。她几乎没有周末，没有社交，更没有“逛吃逛吃”之类的喜好。

很多下属在她背后窃窃私语：失去了享乐，生活还有什么趣味可言?

我也曾好奇，斗胆问她：你每天的生活都是工作，到底快乐吗?

她反问：谁说工作就不能让人快乐呢?

原来，她把大家难以忍受的工作当成一种享受。她对这个行业，是真心喜欢的。

能把自己的爱好当成事业的人，是幸运的。

我们都知道，做自己感兴趣的事情，会让人更加专注，精力也会更加充沛。卡耐基就曾说：你兴趣所在的地方，就是能力所在的地方。

怪不得，别人苦熬十年二十年都未必能取得的成绩，这位上司姐姐只花五六年时间就办到了。

我羡慕地对她说：如果我当初就业时也能选择自己感兴趣的行

业，该多好呀！

然而，她却认真地告诉我：**兴趣，是可以培养的。**

原来，当初误打误撞地进了鞋厂，她也曾抗拒过。

撇开工作时间和食宿环境不谈，就单凭生产车间，就足以让人绝望：流水线上，皮毛碎屑直往鼻子里钻；冲天的胶水味熏得人睁不开眼；设计师动辄因为鞋面尺寸一两毫米的误差大发雷霆……这一切，对于一个满脑袋装着诗和音乐的姑娘来说是多么的残酷！

然而，当时的情况是，她必须要有这么一份工作来养活自己，要么被动接受，要么欣然接受，除此之外她没有别的选择。

她选择了欣然接受。

她从不怕麻烦，只担心自己了解得不够多；也从不怕挨骂，只担心自己不能成长。

她曾跟我说：**当你面临挑战，如果只盯着困难看，就会变得难以忍受；如果你是奔着收获而去，那么在这个过程中，每一件事情都会变得有趣。**

有个“一万小时定律”说：“人们眼中的天才之所以卓越非凡，并非天资超人一等，而是付出了持续不断的努力。只要经过一万小时的锤炼，任何人都能从平凡变成超凡。”

这个理论很鼓舞人心，给了很多人希望。

可是我们却常常看到，有些人的努力，只是让他们陷入平庸的忙碌中，即使是日积月累都不会有什么收获。

其实，这其中很大一个原因就是对自己做的事情不感兴趣。

做不喜欢的事情，一万小时也成不了天才。

因为当工作仅仅被看成一项不得不完成的任务时，我们会缺乏内在动力，潜能与创造力无法得到发挥，自然谈不上什么进步。

所以，我们要做的首要努力，就是喜欢上自己正在做的事情。

做自己喜欢的事情是本能，喜欢上自己做的事情却是本事。它需要我们主动把每一件小事都做到尽善尽美，并从中找到努力的价值——唯有价值感才能激发兴趣，让我们越来越喜欢自己的工作。

有句名言说：“心灵，是它自己的殿堂，它可以成为地狱中的天堂，也可以成为天堂中的地狱。”

当我们无法把兴趣变成工作的时候，我们还能选择把工作当成兴趣。这样，我们的勤奋才会变得更加精准，生活也会变得更有滋味。

实力让人看到，也是一种本事

我一个搞人力资源的朋友说，她最烦应试者一坐下就问工资。

前不久，她刚好碰上一个。朋友在一家女鞋外贸公司工作，这次去人才市场招外贸业务。

招聘牌上的职位要求是：大专以上学历，英文CET-6级，有至少2年女鞋工厂工作经验和1年贸易公司工作经验。

有一个小姑娘凑上来问：你们工资能开多少？朋友说：那得看你的能力如何。

朋友浏览了一下小姑娘的简历，学历是达标了，但工作经验远远不够，英文程度也没有在简历上显示出来。

朋友委婉地说：我们对英文和工作经验的要求比较高哦！

小姑娘不以为然地说：那都不是问题！现在考了六级证的未必就能开口说英语呢！另外，以我的工作经验，绝对可以胜任这个职位，开单、翻译、追踪进度，这些我都会。

抱着些许期待，朋友请小姑娘做个英文的自我介绍。

小姑娘简单地说了一下自己的姓名和年龄，又继续问道：你们工资可以开到6000吗？另外，包食宿吗？有年终奖吗？

朋友一口回绝了小姑娘：对不起，我们没准备录用你。

小姑娘翻着白眼离开了，丢下一句：开不起工资就早说呀！

朋友哭笑不得。这还真不是开不起工资的问题。朋友公司能独当一面的外贸业务，没有哪个月薪低于8000的。

朋友说，也许她有实力吧，但是我没看出来。按简历内容和她面试时的表现，可能只勉强够得着4000左右的月薪。

简历上只显示了工作过的单位和职位，工作内容含糊不清，看不出她有什么经验；而她的英文自我介绍，是随便一个会背“I'm fine, too”的初中生都可以做到的。

朋友并不是忌讳别人在面试时问工资，她觉得开诚布公对应聘者和求职者都是好事。

她反感的，是那些没有实力，或者实力无法让人看到的求职者，不仅让人看不到他们能为公司做什么，反而还狮子大开口要求公司必须为他提供什么样的福利。

朋友说，每每此时，她都有一种被戏弄的感觉，就好像卖东西时被顾客讨价还价许久，最后却说自己没带钱。

薪酬既反映着求职者对自己的实力评估，也反映着公司对求职者的实力评估。只有求职者水平合乎标准，用人单位才会正视求职者提的薪酬要求。

如何在短短的几分钟内把自己的实力展示出来，绝对是对求职者最大的考验。

我们公司最牛的业务琳达，就有一段非同寻常的面试经历。

我们对求职者能力的要求与朋友公司一样，在学历、英文水平、专业技能方面都有门槛。

琳达其实只有中专学历，但实战经验很足。初试时人事就从简历上了解到她的沟通能力和危机处理能力很不一般，便破格通知她参加复试。

复试是直接跟老板面谈。

面试时，琳达从老板的谈吐中看出了老板对技术的重视，便直接从自己脚上扒下一只高跟鞋，用英文跟老板讲述自己对这只鞋子的构造有什么看法，这只鞋子在做工上有哪些不足。

语言简洁流利，态度不卑不亢。

短短两分钟，老板明白了三个关键的信息：

她的英文水平很好。

她的专业知识相当不错。

她是个有主见有智慧的求职者。

直接亮出水平的求职者，比滔滔不绝地讲自己在哪些大公司做过的人更受面试公司青睐。因为，水平与职位匹配才是用人标准。

一个在面试中鹤立鸡群的人，一定也能在职场上出类拔萃。果不其然，琳达入职后很快就成为业务团队里的小明星。

让人看到自己的实力，也是一种本事。不仅要有展示自己的胆识，也要有让人欣然接受的智慧。

在大公司工作的人可能对此都深有体会：**如果你不主动展示自己，一辈子都会是一颗默默无闻的小螺丝钉。**

这是人才辈出的年代，处处机遇，也处处充满竞争。老板不可能做到对每一个人都了如指掌，机遇更不会主动找上门来。

能在一个大群体里崭露头角的人，往往并不是才华最出众的人，而是最善于抓住时机的人。他们在适当的时候展示出自己的实力，让自己的才能得到最大程度的发挥，便很容易脱颖而出。

很多人都感叹自己才华被埋没，其实这怨不得别人。

一个身怀绘画绝技的人去唱歌，一个掌握挖掘机技术的人去烧电焊，都是屈才。当代社会不需要《天龙八部》里的扫地僧。即使武功再高强，如果不出手或没有机会出手，那么他的社会角色就只是一名清洁工。

世上并没有什么怀才不遇。怀才不遇，大多是自己造成的。要么，是自己怀的才不够，要么是自己没给才气露脸的机会。

如果你觉得自己是匹无人赏识的千里马，就得先做好自己的伯乐，把实力亮出来。

不蒙尘的珍珠，更易让人发现。

生活篇

接纳对方的不同是和平相处的唯一秘诀。

尊重他人的不同，是高层次的修养

01

方方和闺蜜李丹因为一件生日礼物闹掰了。

李丹生日，方方送了一款轻奢品包包作为礼物，李丹说太名贵了，自己用不上。

方方对着李丹好一通数落，她认为，李丹作为一个部门主管，日常形象是和她的身份有冲突的。

李丹喜欢穿休闲装，买衣服也不挑品牌，舒服就好，平时上班就一个小背包，学生上学似的。方方教育她：衣服、鞋子、包包都是一个人身份的象征，如果太不上档次，就有点“丢份儿”了。

方方一直建议李丹，要舍得花钱把自己包装起来，这样有助于在部下面前树立威信，也可以在生意伙伴面前“体面”许多。

李丹不以为然，她认为能力和平台自然能带来体面，产品不过硬，包装得再精品也是徒劳。

俩人争得面红耳赤，方方情急之下口不择言，说了一句：都是你的小农思想在作怪，穷惯了，眼界放不开。

李丹当即翻脸，说：不要以为你贪慕虚荣，别人也贪慕虚荣！

生日送礼物，本来是件挺增进情谊的事儿，结果却让两个好朋友针尖对麦芒地相互攻击了一场，最后分道扬镳。

每个人的成长背景和思维方式都不一样，各自的生活方式和个人喜好也因此不同。如果偏执地认为“我喜欢的就是最好的”“我的观点才是最正确的”，未免太肤浅。

孔子有云：**君子和而不同。**

人品修养到达一定程度的人，都懂得尊重他人的“不同”。

02

每个人对生活都有自己的理解，爱吃荤菜的觉得鱼肉有营养，爱吃素菜的觉得青菜有营养。

你若对萝卜有偏爱，便觉得爱吃白菜的人做错了，就免不了会想方设法去证明萝卜的高贵和白菜的低廉。

这是一件很荒唐的事情。

黄生在我们公司是出了名的热情，很喜欢请公司的同事吃饭。在南方生长的黄生对饮食颇为讲究，每次吃饭都挑选有口碑的粤菜餐厅，价格不便宜。

但是，同事们以川湘鄂籍居多，都是无辣不欢，一两次清淡的聚餐还可以接受，次数多了大家直呼受不了。

看到有小伙伴带着老干妈赴宴，黄生苦口婆心地跟大家普及粤菜的营养知识，并把大家的饮食习惯狠狠地打击一番，说大家吃的都是些调料。

我们并不是不懂食物的营养价值，只是生活习惯使然，粤菜不下饭，根本吃不饱，回去还要加餐；更何况，花在聚餐上的时间多了，陪家人的时间就少了。

久而久之，许多小伙伴都借故缺席，黄生很心痛，问我们是不是对他有意见。

以黄生的立场来讲，他也是个“牺牲者”，跟我们分享了他最喜欢的东西，却丝毫不被领情。

可是，人与人交往，最重要的不就是互相尊重吗？

如果非要把自己的意志强加给别人，就是把自己摆在了一个居高临下的位置，这个心态背后的更深层涵义是：你要维持跟我的关系，就必须得听我的。

一旦别人不服从，他们就会觉得自己被亏欠了。

03

周国平老师曾在一篇文章里提过一个**“己所欲未必是人所欲”**的观点，他说：

如果说“己所不欲，勿施于人”是一个文明人的起码品德，它反对的是对他人的故意伤害，**主张自己活也让别人活；**

那么，“己所欲，勿施于人”便是一个文明人的高级修养，它尊重的是他人的独立人格和精神自由，进而**提倡自己按自己的方式**

活，也让别人按别人的方式活。

其实我们生活中大部分的矛盾都来自于无法接受“对方跟我不同”这个事实。

生活习惯不同是很多夫妻吵架的根源。我们在婚姻里常犯的错误就是想让对方跟自己三观一致，行为合拍。但是，每个人终其一生都无法将配偶完全矫正成自己想要的样子。

杨绛在《我们仨》里透露，她与钱锺书的相处之道就是“各持异议，不必相同”。

接纳对方的不同是和平相处的唯一秘诀。今年的我们和去年的我们还不一样呢，又怎能强求另一个独立的个体与自己一样呢？

同理，志向不同是很多亲子矛盾的根源；看法不同，是很多社交矛盾的根源。

父母为孩子规划的人生，未必就是孩子想要的人生；我们想过的生活，未必就是别人想要过的生活。

逼婚、催生、“为你好”……这些行为不都是在拿着自己的意愿去绑架别人的人生吗？

世间不同的活法多了去了，没有谁的人生是标准答案；世间不同的事情也多了去了，不必非得跟人争出个高下。

不把自己的意志强加给他人，是更高层次的修养。

懂分寸，是最好的教养

图图赴了一场令他很郁闷的晚宴。

本来这是一场行业内大头们的聚餐，轮不到图图去凑热闹，但老板有心提携，想让图图多累积点人脉，图图便受宠若惊地跟着去了。

席间，老板隆重地向他的朋友们介绍：图图是我们公司最有潜力的销售员。

图图有礼貌地向各位领导点头致敬，并一一敬酒。

他在心里给自己打气：一定要好好表现，在这些业界大咖面前留下一个良好的印象，这样才不辜负老板的一番栽培。

酒过三巡，气氛渐渐放开了，几个大腹便便的老板们开起了玩笑，捉弄起一个叫李总的光头。

有人说李总聪明绝顶，有人说李总的发型省洗发水，李总乐呵呵地摸着油光锃亮的脑袋，眼睛都快笑没了。

显然，他并不觉得秃顶很丢人，他还很享受大家拿他这个特点来开涮。

图图眼见气氛活跃，便推波助澜地补了一句：“李总家的灯泡都可以少装几个啦！”

语落，大家哈哈大笑。李总一直眯着的眼睛却松开了，脸上的笑意虽然还没完全散去，但已能让人察觉得到有些尴尬。

与此同时，图图的老板也倏然变了脸色，朝图图丢来一个愠怒的眼神，并用唇语暗示他：“敬酒，道歉。”

图图明白自己失礼了。他本来无意冒犯，他明白李总是自己老板的好友，内心很是尊敬，本想以诙谐的方式赢得对方的好感，没想到变成了哗众取宠。

老板赶紧转移话题，饭局的气氛才又回归轻松。图图却如坐针毡，只巴不得赶紧从饭桌上逃离。

席散，图图搭老板的车回家，一路闷闷不乐。老板看穿了他的心思，问他：“你觉得今晚受委屈了？”

图图憋了一晚上的情绪终于得到了释放，他垂头丧气地说：“老板，我原以为你给了我一个机会来进入你们的圈子，现在明白了，不同阶层的人是没有办法交朋友的。我的地位太低，你们这种高级人士根本就瞧不起我，所以你们可以跟李总开玩笑，我却不可以。”

老板笑了笑说：“并不是你理解的那样。第一，李总对于我们来说是平辈，对于你来说却是长者。就像同样一个玩笑，你可以跟同学开，却不可以跟父母开，一样的道理。第二，我与李总三十多年的交情，开什么玩笑都无伤大雅。而你是第一天跟他碰面，交情还不足以到可以取笑他的程度，你今天的行为，就是失了分寸。”

图图豁然开朗。仔细想想，其实他自己也有过类似的感觉，同样的话，从不同的嘴巴里说出来感受是不一样的。

图图单身八年，常被好兄弟奚落说他娶不到媳妇，他从未觉得有什么不妥，却在“双十一”听到公司前台的一句“老光棍，节日快乐”的时候怒不可遏，感觉对方很没教养。现在想想，其实是前台小妹说话的时候不懂分寸。

分寸感，是对自己与对方情感的一个准确的掂量，能说什么话，能说到什么程度，如何让对方感觉舒适，其实是一个人最大的教养。

一个人对分寸的拿捏程度，显示了他的教养程度。

直爽的分寸把握不好，就变成了刻薄。不懂分寸的人以直爽来解释自己的口无遮拦，懂分寸的人不仅能让别人听到自己的肺腑之言，也能适可而止地顾全他人的体面。

幽默的分寸把握不好，就变成了恶俗。不懂分寸的人拿庸俗当幽默，以讥讽当取乐，懂分寸的人却能不偏不倚地切合要点，让人会心一笑。

友善的分寸把握不好，就变成了谄媚。不懂分寸的人为了获取别人的好感曲意逢迎，懂分寸的人总是恰如其分地让人感觉到自己的善意，也不失自己的立场。

同样的道理，**谦虚的分寸不把握好，就变成了虚伪；智慧的分寸不把握好，就变成了心机……**

一个真正有教养的人，绝对是一个善于把握分寸的人，举止合乎身份，言语合乎场合。他们往往能在人生的道路上顺风顺水，更易获得成功。因为他们准确的分寸感能让他们获得更好的人际关系，做人做事有权衡，懂取舍，自然能在人生的每一个重要时刻运筹帷幄。

古人云："处世不分轻重，非丈夫也。"

处世有分寸，知进退，才是一个人最好的教养。

你的教养里，藏着你的贵人

我曾经的小伙伴丹丹进一家新公司才两年，就由一个初出茅庐的小菜鸟成长为独当一面的部门主管，真的是令人欣慰。

得知丹丹的升职消息时，我向她道贺。丹丹反而跟我道谢，感谢我当初介绍这份工作给她，并说这一路碰到的贵人挺多，得到了很多前辈的悉心指导，所以才成长得这么快。

这个小姑娘，一直是这副谦卑的模样。

我们曾经共事过半年。

两年前，前公司因业务迁移遣散了一批新手职员，我们团队里的丹丹和小静都在遣散之列。正好同行好友告诉我说他们公司有一个职务空缺，我便不假思索地推荐了丹丹。

其实两个小姑娘的能力旗鼓相当，但在为人处事方面，却大为不同。

当时丹丹和小静都是应届毕业生，工作方面需要向人请教的地方很多。

小静每次有了问题，就风风火火地跑来找我：这个进度表是怎么做出来的？你看一下我的格式对吗？

从来没有一句称呼，也不看我是否在忙，只要她有问题来了，就是单刀直入。

很多时候，我正聚精会神地做着事，中途就被她打断。尤其是统计数据的时候，一旦被她打断就得从头再来，真的让人很抓狂。

而丹丹不一样，她每次找我都会先问一句：猫姐，有空吗？

有时候我有紧急事情处理，她就在旁边耐心地等，有时候还问我是否需要帮忙。

我本以为她是有求于人才会特别礼貌，但其实不是。

我注意到，每次开会，很多人会议结束就起身走人，而丹丹起身时，会把拖出来的办公椅挨个塞回去。公司有专门的阿姨负责整理桌椅摆设，所以没人在意过这个细节，甚至还有人把横在路上的办公椅撞得到处乱飞。曾有人叫丹丹放那儿让阿姨收拾就好，丹丹说，都是举手之劳，免得阿姨多做工作。

丹丹从骨子里散发出来的教养，无论何时都让人感觉如沐春风。我相信，即使丹丹去另外一个公司，也会有许多人乐意帮她。

有教养的人，在哪儿都有好人缘；有好人缘的人，到哪儿都能遇贵人。

我曾在一个英语培训班遇到过一个很牛的同学。她叫佩妮，在一家世界五百强企业工作。

佩妮毕业起就进了世界五百强，从小职员爬到管理层，进培训班是公司派她去脱产进修，准备下一轮的晋升。

当时佩妮进修不仅不花一分钱，公司还补助基本工资，让我们这些自掏腰包培训的同学妒红了眼。

佩妮告诉我们，他们公司的工作氛围很好，过年过节的福利也很不错，尤其是年终奖金，能让人乐歪嘴。

我们都很好奇，这么好的公司，她是怎么挤进去的。

她说是在招聘会上遇了贵人——公司的人力资源主管。

那是一场应届毕业生招聘会，人挤得像沙丁鱼罐头，蹲下系个鞋带都有可能发生踩踏事故。

这家公司的招聘桌被各大高校的求职者堵了个水泄不通，可怜的人事在密不通风的人墙里都快热馊了，才打电话给主管求助要求增派人手。

人力资源主管亲自上场，她到达招聘摊位，围在人群外看了一会儿，就拍了拍佩妮的肩，让她出来细谈。

俩人在会场门口交流了一会儿，佩妮就被录用了。

后来，公司人事告诉佩妮，主管录用她是因为三个细节：

1.其他同学迫不及待地往桌上摆简历时，佩妮认真地排在前一个应试者后面，安静地等待。其实，当时的队伍已经不太明显，大家就像赶火车的乘客一样，争先恐后地插队，排队的佩妮半小时都没往前挪过一个位置，但她依然没有半点焦躁。

2.应聘人群的外围，有一个女同学可能刚上完厕所，裙子内衬有一半卡在内裤里，两条大腿若隐若现。很多人视而不见，甚至有同学在偷笑，佩妮凑到女同学耳边轻轻提醒了她。

3.人力资源主管将佩妮带到会场门口聊天，佩妮并没有滔滔不绝地向她介绍自己在学校里取得的成绩，而是先认真地问了一下公司情况，以及公司对自己的要求。

人力资源主管说：**教养很好的人，都有着很强的自我约束能力，并时刻能为他人着想。这种人往往团队合作意识强烈，是我们挑人才的首要选择。**

《礼记》有云：人有礼则安，无礼则危。

人若没有教养，就是处处在为自己挖坑。给人难堪者会收获自己的难堪；罔顾他人者也会被他人无视，自然不会有什么好人缘。

所谓贵人，就是个人品质为自身迎来的社会资源。你是什么样的人，就会遇上什么样的贵人。

尊重人者，会赢得别人的尊重；与人善者，会收获别人的善良。个人的教养里，藏着他的人脉。

良好的教养，就是行走世界的王牌。

心地善良，举手投足都是教养

国庆长假期间，车站旁的小面馆的生意比平时好了数倍。

面馆是一对小夫妻开的，老板当厨师，老板娘当服务员。几个月前，老板娘怀孕了，小店就多招了一名杂工。

这几天，面馆的人手明显不够。急着赶车的人们大多都是空着肚子来车站，买了票看到时间还充裕就去附近找点便捷的东西填肚子。小面馆的客人络绎不绝，时常有人不耐烦地催促着：快点！快点！

这天，又到了上午长途班车的高峰期。老板娘挺着大肚子，不停地清扫着客人乱扔的牛奶盒、纸巾和一次性筷子；杂工脚踩风火轮一般，在前厅和厨房之间飞来飞去。

老板一边隔着窗吆喝着“面马上好”，一边叫着杂工快到厨房洗碗。原来，小店配备的碗不够用了。

一个带孩子的中年男人在店里等了有一会儿了，女儿一直嚷嚷着说饿。

男人摸了摸女儿的头，言语轻柔地安慰着：再等等，很快就来了。

可能是上车时间快到了，他不停地低头看表。隔了一会儿，见面还没来，便自己走到厨房的玻璃窗前跟老板说：请帮忙把我们的面打包。

走的时候，他女儿失手打翻了桌上的一次性水杯。

男人环视四周，然后径直走到面馆的角落，拿起了拖把。

老板娘见状，赶紧过来抢拖把：您赶紧去坐车吧，地上留着我来拖就行。

男人说，不用了，我自己拖，你行动不方便，万一滑倒了就不好了。

孕妇瞬间红了眼眶，双手合十，一边点头一边道谢。

在面馆，她可能是第一次被人当作孕妇。

来这里吃面的人似乎有一个共识，可能包括她自己都这么觉得：她首先是一个服务员，其次才是一个孕妇。

在其位谋其政，只要面馆来了客人，端茶倒水就是她的分内事。大家对她的这份服务也享受得心安理得。

只有这位中年男人不一样，不觉得自己来消费就高人一等。

心里有着为他人着想的善良，言行里才会透露出高贵的教养。

之前参加一个新媒体大会，有一个细节让我印象非常深刻。

作为主办方的写手圈请来了不少业界大咖做嘉宾，跟我们做新媒体创作分享。

大会结束后是聚餐的环节。安排座位的时候，我听到写手圈曹主编跟同事说：你去陪一下嘉宾，我来陪摄像组。

当时我很感慨。作为整场会议的负责人，他不会不知道嘉宾的重要性。

我曾经有一个朋友去参加一个文艺节目做志愿者，表演结束后，因为主办方的疏忽，她连饭都没吃上。当时主办方在全力招待参演的嘉宾，根本没精力顾上志愿者是否有饭吃。

那一刻，我对曹主编肃然起敬。

我们常说，职位无高低贵贱，但真正能做到一视同仁的少之又少。

对于一个有一定社会地位的人来说，做到平等待人，本身就是一种谦卑。

回想曹主编在整场活动的表现，他并不是这一刻让我感动。

合影时，他贴心地为后排个矮的女同学搬上了凳子，好让大家在合影中露脸，自己却偷偷地退到角落，站在了一个最不起眼的位置；

大会第二天，写手圈安排写作者出游。集体活动时，曹主编总是走在队伍最后面，以免有人落队。有个文友不适合体力运动，便安排孩子跟着参加，自己在景点门口等。曹主编一边气喘吁吁地爬着阶梯，一边拿手机拍照，将孩子一路的情况及时传达给文友……

一举一动，都堪称谦谦君子。

教养是一种高贵的品质，不是读多少书、行多少路就能积攒起来的。

满腹经纶却妄自尊大，见多识广却目空四海，纵有再光鲜的外表，也只能让人在谈吐中一眼看穿道行，都谈不上教养。

种树者培其根，种德者养其心，**只有心地善良的人，才懂得尊重他人并时刻为他人着想。**

生活中那些让我们感觉如沐春风的教养，例如礼貌、守时、诚恳、宽容等，无一不是把他人装在心中的表现。

善良就像一朵玫瑰，不仅受赠者会感觉到甜蜜，赠予者手上也留有余香，甚至会收获更多善意的花朵。温暖别人的同时，也感受着别人回馈的温暖。

罗曼·罗兰曾有句名言：**善良不是一种学问，而是一种行为。**

一个心地善良的人，举手投足间都是教养。

灵魂高贵与否，教养即辨高下。

感谢曾经嘲笑你的人

小雪是我初中同学。她爱唱歌，打水哼着歌，洗衣服哼着歌，上厕所的路上也哼着歌。

有一次上英语课，老师用英文问我们未来的理想是什么。当小雪用蚊子般的声音说出“Singer”这个单词时，课堂上爆发了洪水般的笑声。

“那么笨。”“那么胖。”“那么怂。”同学们议论的声音比小雪回答的声音要响亮多了。

小雪没有读高中，上了市里一所中专。

有一次，同学们在一起商量毕业以后家里会给安排什么工作。小雪说了一句“以后想当歌手”，再一次引发了哄堂大笑。

“一个学纺织的，居然想唱歌……”“穷得交不起学费，还想学艺术……”小雪就是在这样的嘲笑声中茁壮成长的。

小雪的第一份工作是在一家乡村乐团打下手。端茶水搬乐器学唱歌，三年没领过工资。三年后正式出师，工资低得依然养不活人。同一届的同学大学毕业都已经找到工作了，小雪还靠着家里那点庄稼地的收入补贴着日常开支。

同学聚会的时候，大家问小雪在干什么，小雪说，我现在是歌手。

大家问：在哪家唱片公司呢？

小雪解释说，是村里办的艺术团，有婚丧嫁娶的人家就去热闹一下。

有同学打趣了："哟，就是乡村演唱会呀！"餐桌上又爆发出了洪水般的笑声。

我们家乡是长江中心一座岛，天一黑江面上渡轮就封航，无法进出。团里接到外地的演出，天黑前赶不回来，就得在外地过夜。

小雪在团里不受前辈待见，女演员不肯跟她睡一起。有一次演出后没有多余的住处，她只好在敞篷车厢里将就着睡。幸好，那天晚上雨不大，一件衣服顶头上就能熬到天亮，只是夜风刮着挺冷的。

看到这里，你脑海里是不是浮现出一个迎着风雨站立的胖姑娘形象？事实上，她也没有那么坚强。她哭过很多次，装都不想装。她甚至怀疑自己可能就是命中注定的怂包，生下来就是要被人欺负的。

溺水的人抓到一根稻草就相信它能救命，困境中的人听到一点安慰就能继续前行。

有位前辈鼓励她说：你可以。她就相信她真的可以。她要逼自己成为一个真正的、受欢迎的、没人敢随便欺负的歌手。

她开始四处跑场子，黄金周每天都跑好几场。嗓子哑了，就扯着哑嗓子继续唱。唱错了就甘愿扣钱，罚自己不吃饭。有多少演出，接多少演出。没演出的时候，就在家守着电脑练歌，一遍又一遍。

别人说：你这样唱会废掉的。

她不管。不多唱，怎么摸得到诀窍呢？

她时刻记得自己被人排斥时的痛苦。以前请教师兄师姐，别人遮遮掩掩；现在有师弟师妹来请教，她知无不言。她拼命减肥，淡寡无味的营养餐，一吃就是一整年。不爱运动的她，跑得停不下来。她不断地跟自己打鸡血：欺老不欺少，三年就赶到。没关系，我还年轻。只要认真，没有学不会的……

你是不是以为小雪最终逆袭成为某个知名的华语歌手？并没有。

小雪就是个普通姑娘，这种小概率的事情并没有发生在她身上。她依然是个民间婚庆歌手，辗转在岛内外各个需要的场合唱歌。

但是，**她把她这辈子最喜欢做的事情坚持下来了。**

电视里的歌手和乡村里的歌手有什么不同？如果有，可能就是乡村里的歌手坚持梦想的时间可以更长一点。只要她喜欢，就可以一直唱下去。

如今，小雪已经有了自己的婚庆团队。有演出的时候就带着团队去演出，没演出的时候就在家养花种菜听音乐。淡季的时候，就出门去旅游，看看山，看看水，练练歌。

小雪说，现在做的，都是自己想做的事。回过头去看，最大的激励，还是来自于那些曾看轻自己的人。其实，也应该好好感谢一下他们的成全：**谢谢你们曾经嘲笑我。不然，我可能还舍不得对自己下狠手，不敢争回这口气。**

小时候看过一个故事。

有位少年想去学戏，师傅见他生着一双“死鱼眼”，便不太肯收。眼神呆滞，毫无灵气，怎么学戏？

师傅碍着介绍人的面子收下少年为徒后，一曲开蒙戏的前两句教了十几遍，少年依然荒唐走调。师傅说：你不是学戏的料。

少年不服。他喂鸽子练看天，眼神随着鸽子飞舞；他养金鱼俯视水底，眼神随着翩翩的鱼儿游走。日复一日，年复一年。

天资不够，就让勤奋来凑。这双眼睛上了戏台，时而是顾盼生姿的杨贵妃，时而是英姿飒爽的穆桂英，时而是含情脉脉的白娘子。

这双眼睛的主人，就是京戏大师梅兰芳。梅兰芳说：我是个拙笨的学艺者，没有充分的天才，全凭苦学。

国学大师傅佩荣在一次演讲中透露自己的经历：他幼时因口吃受过许多同学的讥讽，非常自卑。为了平衡自卑感，他念书很用功，成绩总是名列前茅。他把这种现象理解为“福祸相生”。

后来，他在一位老师的鼓励下参加了口吃矫正。他醉心国学，后来曾在央视《百家讲坛》主讲《孟子的智慧》，在凤凰卫视主讲《国学的天空》，在东方卫视主讲《老庄的智慧》。

但凡与他打交道的人都说他谦卑。他说他对自己一直有两点要求：1. 终生不嘲笑别人。因为知道被人嘲笑的滋味，所以自身不会有优越感。2. 珍惜每一次说话的机会。因为曾经不能流畅地说，所以有机会表达时就要分外珍惜。

不管是嘲笑还是打击，只要你从中获得了动力，它就能从一件坏事变成一件好事。

这世上或许不会产生太多的梅兰芳或傅佩荣，却可以崛起千千万万个小雪。

小雪可以是你，也可以是我。或许我们都曾被人看轻，被人瞧不起，但我们可以像小雪那样：**把那些向我们扔过来的石子和砖头，一块一块地垒起来，踩着它们往上爬。**

如果没有那么个前辈鼓励你，那就自己跟自己说一声“我可以”。当你爬到自己想到达的高度时，你一定会感激当初那个不曾退缩的自己。

这一生，不求功成名就，但求无怨无悔。

都说世态炎凉，可总有人选择善良

有天中午，我带着孩子去茶餐厅吃饭。点完单等餐的时候，邻座来了两个身材魁梧的男人，一坐下就吞云吐雾，烟圈顺着风直往我们这桌扑。

平时怕让孩子吸着二手烟，在公共场合见着吸烟的人就躲，有时候吃饭也会刻意挑无烟餐厅。这家餐厅，门口就挂着醒目的禁烟标志，我也是冲着这个来的，没想到这牌子竟然形同虚设。

我瞄了瞄邻座的两个男人，一个留着络腮胡，一个戴着大金表，怎么看怎么不像善茬。午餐高峰期，后来的人都在开始拼桌，已经没有位置可换了。

我曾是个正义凛然的姑娘，路见不平一定要吼，见到弱小一定要帮。而自从当妈后，我变得特别怂，尤其是独自带着孩子出门时，生怕惹上什么麻烦。此刻别说是吼了，就算是上前商量一下，我都发怵：他们会发火吗？会打架吗？如果他们要找茬，孩子在一边怎么办？如果他们迁怒于孩子，我要怎么护得周全？思量再三，我最终还是敢怒不敢言，只好宽慰自己：再忍忍，快点吃完离开就好了。

和我拼桌的是一个年轻的姑娘。她看穿我心思似的，请来了服务员，并要求服务员去提醒邻座的客人不要抽烟。未料，服务员看了看那两个男人，尴尬地笑了笑就离开了，想必她也觉得那两个男人会不好招惹吧！

姑娘笃定地跟我说：放心，服务员不敢讲，我敢！

她径直走到邻桌，低声跟那两个男人说了几句话。如我所料，那两个男人果真是一脸愠怒，络腮胡还慢慢地歪起头瞪着她，似乎是不敢相信自己受到了挑衅。我的心提到了嗓子眼，生怕姑娘会遭遇到什么麻烦。

姑娘没有躲开络腮胡的眼光，轻言细语地把自己的意思又重复了一遍。

说完，尴尬的气氛僵持了两三秒钟，两个男人很不情愿地灭了烟头。我大舒一口气。

都说世态炎凉，可总有人选择善良。善良并不是他们的义务，却被他们视为本能。他们犹如冬日里的太阳，晒到哪里，哪里就一片温暖。

当天晚上赶稿的时候，我也看到了一条暖心的新闻。某派出所接到报警，有人在公园里发现弃婴。民警赶到时婴儿嘴唇已冻得乌青，四肢冰冷，民警便立即将自己身上的毛衣和警服脱下，把婴儿捂起来。民警小哥赤膊抱娃的照片在朋友圈疯传，赢得阵阵好评。网友评论说：再寒冷的天也抵不过温暖的心。

善意被传播、被祝福，这才是我们这个社会的主旋律。

看到这个新闻，我想起了我曾经差点被冻死的经历，那时，我也曾被陌生人的善良温暖。

我老家百里洲是长江中心的一座小岛。平时回家，坐火车到北岸附近的一个站下车，再到码头坐船就行。

那一次碰巧是加班车，到站时间与往常不一样。到站六点已经天黑，渡船停航，我和妹妹考虑坐到北岸会无法过江，就决定在南岸下车，因为南岸到站时间是下午四点半。

我们没想到这是一趟冒险。

南岸属于另外一个市，人生地不熟，语言也不太一样。我们下了火车就被一个面包车司机招呼着上了车，打包票说一定让我们坐上船，让我们别着急，等他先送几个本市的客人。

然而他收了钱后，兜兜转转近两个小时也没有把我们送到码头。送完邻市所有的客人，他随手招来一辆摩托车，让我们跟着摩的司机走。那一刻，我们才知道被坑了，可是面包车司机扔下我们的行李就绝尘而去，我们站在黑漆漆的十字路口孤立无援。

摩的司机说，我知道码头，但我不确定有没有船。我们心存侥幸地让他载我们去看看。

寒冬腊月，堤坝上北风呼啸，夹杂着江面的雾气，吹在脸上像刀割一般。我们还穿着广东上车时的单衣薄袜，冻得瑟瑟发抖，说话舌头都不听使唤。

摩的司机穿得多一些，但因为他顶着风骑车，也是冻得直打哆嗦。他的电话不断地在响，听他口气，是家人在催他回家。

堤坝上往前十里往后十里都看不到人，他就是我们救命的稻草。我好怕他扔下我们不管，我们会像卖火柴的小女孩一样冻死在堤坝上。

然而，他带着我们在堤坝上跑了近三十公里，看完了三个码头，确定没有船才停下。他跟我们说，只能带我们先去他朋友的旅店休息，第二天再找船了。

被面包车司机忽悠的阴影让我们对他心怀戒备。我们一边接受他的帮助，一边伺机观察，进了简陋的旅店也在四下打量出口。

进了房间，我们栓好门，捂着被子一夜不敢合眼。天亮了，我们才发现门边放着暖壶，有热气腾腾的开水。

至今我也不知道那个摩的司机姓甚名谁，也忘了跟他道一声谢。想来，他帮助我们的时候，也没图我们的铭记与报答。

世间有薄情寡义，也有侠骨柔肠。我们会遇到少数破坏公共秩序的人，也会遇到许多遵守或维持公共秩序的人；我们在新闻里看到被遗弃的小孩，也在新闻里看到备受好心人呵护的小孩；我们会遇到老奸巨猾的陌生人，也会遇到诚实慈悲的陌生人。

这世界总有阴影，但离阴影不远的地方，也总有光。

我们很难拥有一个没有瑕疵的世界，但只要有那么一点光亮，就足以让我们不惧寒冷，并满怀希望地从阴影里走出来。

我们每个人都能成为这光亮，用自己的余热去温暖他人，为他人驱逐寒冷。

星火燎原，是善良独有的力量。

免费，是世界上最昂贵的东西

01

有天我接到一张火锅店开张的宣传单，说开业前三天内，只要把店家宣传的链接转发到朋友圈，集满38个赞就可以吃免费火锅。

我照着宣传单上的操作方法找到了宣传链接，那是一条略显夸张的广告。标题的大致意思是：我在某某店吃了世上最美味的火锅，你也来吧。文章的内容和图片加起来就是在表达一个意思：此锅只应天上有，人间难得几回闻。

为了吃到免费火锅，我没有多想就把它转发到了朋友圈。

很快38个赞就集满了。开业第二天，我就凭着朋友圈截图吃了一顿免费火锅。

说实话，味道挺一般的，好歹是免费，也不好太计较。

过了不久，我收到一个朋友的信息：你推荐的那个是什么火锅店啊，不仅死贵，还不好吃。

店家是不会做亏本生意的。

有一种叫“交叉补贴”的盈利模式，就是利用付费人群来补贴免费人群，或者用付费产品来补贴免费产品。

原来我没买的单，被我朋友买了。

我贪了火锅店的便宜，却为它奉上了我的人脉。

火锅是免费的，朋友对我的信任却是最贵的。

02

老丁头准备搬家，打电话问了几家搬家公司费用都挺高的，他便在一个好友群里问，谁有没有便宜点儿的搬家公司介绍。

朋友大林跳出来说，请搬家公司？费那钱干啥，东西多的话我用小货车多拉几趟不就完事儿了？

老丁头喜出望外。

搬家那天，大林带着两个帮手吭哧吭哧地帮老丁头拆装家具、扛电器，楼上楼下跑得不亦乐乎，一行人忙活到下午两点才吃饭。

老丁头心里头过意不去，包红包给他们当辛苦费，结果都被退了回来。

饭桌上，一番推心置腹之后，大林告诉老丁头说，自己最近兼职做点鞋材生意，希望老丁头能关照一下。

老丁头在鞋厂上班，就是做鞋材采购工作的。老板对鞋材供应商把控严格，向来都很忌讳职员私下找供应商。

老丁头原以为自己捡了个大便宜，没想到却是给自己挖了个大坑。

老丁头象征性地让大林送了点样品，然后以样品品质达不到老板的要求为借口拒绝了大林。

从此，“忘恩负义”这个名声就在朋友圈里传开了……

能花钱解决的问题，最好不要用人情去解决。

帮忙是免费的，人情却是最贵的。

03

去年我被朋友拉进一个免费课程的学习群。

微课群每周六有一节课，课程的覆盖面相当广，从PPT到PHOTOSHOP，从情绪管理到插花才艺，简直是包罗万象。

每次开课，我都会虔诚地守在手机旁，认真听讲，做笔记。

有个周六跟朋友吃饭吃到一半，我一瞥手机上的时间，马上跟朋友说：你吃着，我听个课。

当时听的是个PPT的课程，朋友说，你准备转行吗？

这句话把我问住了。我一个白天拿卷尺量鞋跟，晚上守着电脑码字的人，什么时候要用到PPT？

虽然我从来没有被群里卖书卖课程的链接干扰，但我收获的都是些跟我的生活不太相干的东西。

被免费课程吸引后，我花了大量的时间在这个学习群里，一节课45分钟，课后探讨30分钟，再算上每天跟同学们打招呼聊天的时间，我每周至少在群里耗掉5个小时。一个月下来就是20个小时。

这是个什么概念呢?

20个小时花在家人身上，是一趟近郊亲子游；花在写作上，至少有两篇稿或者三四篇提纲；花在阅读上，是两本畅销书或小半本经典名著。

课程是免费的，我赔上的时间却是最贵的。

04

这世上但凡是免费的交易，价值计算方式都是隐蔽的。免费，只不过是让我们察觉不到我们交换的价值。

你可能只是因为拿了一个免费气球，就在别人的登记册上出卖了自己的个人信息；也可能因为网购图一个包邮，就多买了一堆用不着的东西。

我妈有段时间非常迷养生馆，因为在那里不仅可以免费试用“包治百病”的高电位理疗仪器，而且还有免费的养生讲座课。

不仅如此，店家还经常给来听课的老头老太太们发放一些赠品，有时候是鸡蛋，有时候是米，有时候是镀了金的假项链。

某一天，平时价值七万八的仪器突然跌价成了一万八，我妈一点儿没动摇。

我妈本来还担心不买东西以后是不是不能来了，未料店家很大方地表示：没事，大妈，您继续来，我们一个月做三个客人就够了。

我妈的便宜不是白占的，店家一来要人气，显示出门庭若市的景象；二来也眼巴巴地盼着这位大妈多带点朋友过来接受洗脑。

曾有人说“免费是世界上最昂贵的东西”，这话一点不假。

天下没有免费的午餐，在你看得到的地方免费，在你看不到的地方就可能很贵。

自律，是女人最高级的化妆品

01

安妮是我们办公室公认的“女神”。

虽然她五官算不上特别精致，但皮肤好、身材好、仪态好，在我们一堆柴禾妞里气质特出挑。

于是，当小美听男友说要送自己一套护肤品时，她首先就跑去问安妮用的什么牌子。她跟我们开玩笑说，不管是多贵的牌子，都得狠得下心来让男友送一套，不然以后结了婚就没机会了。

结果，安妮的回答让小美颇感意外。安妮从来没用过什么高级牌子，她用的护肤品价位很普通，在一般的化妆品店都找得到。

安妮也跟我们透露了她的护肤秘诀：饮食忌口，坚持敷面膜，坚持锻炼。她从不吃辣，再累也会在睡前敷个面膜，而且每周都会去健身房两次。

我想起我之前也问过一个容光焕发的美女，有没有什么保养秘诀。她告诉我，她从来不熬夜，除了孩子生病的时候。这个习惯她坚持了许多年。

女人的优雅，都是智慧与意志力并存的结果。没有哪个女人能一天到晚胡吃海喝不锻炼不养生不学习就能轻轻松松地拥有曼妙的身材和不凡的气质。

每个女人都有一个女神梦，但是往女神进阶的路太过漫长，轻轻松松就被我们的懒惰和舒适感打败了，所以能修成正果的女神总是少数。

是否自律，是女神和普通人之间的最大区别。

02

精致的外表往往都是长期自我管控的结果，而高贵的灵魂也必然是在日复一日的严格自律中淬炼出来的。

一个女人，如果放松对个人形象的管理，就很难让人赏心悦目；如果放松对自我情绪的管理，就会让人感觉刻薄鲁莽；如果放松对学识修养的管理，就会变得俗不可耐。

能把一个好的习惯坚持五年十年甚至几十年，这样的女人想不出众都很难。

以气质服人的主持人董卿，自中学起就开始每三五天读一本名著。读书这个习惯被延续至今，如今即使工作再忙，她每天也会保证有一个小时的阅读时间。

董卿说：读书让人学会思考，让人能够沉静下来，享受一种灵魂深处的愉悦。我始终相信读过的所有书都不会白读，它总会在未来日子的某一个场合，帮助我表现得更出色。

果真，读书让她在一众漂亮的主持人中脱颖而出，《中国诗词大会》、《朗读者》，助她登上一个又一个的事业巅峰。

诗词典故信手拈来，这种深厚的文化底蕴是数十年自律的沉淀。腹有诗书气自华，说的就是董卿这样的人。

三毛也曾说过，读书多了，容颜自然改变，即使是看过的书都不复记忆，它们仍潜在气质和谈吐上。

自律的女人从不偷懒，从不放纵自己。每个人的状态，都是写在脸上的，你选择了什么样的生活方式，你就会有一张什么样的脸。

03

外表优雅的女人，心中总有一杆秤。

她们用心中的秤准确地称量自己的行为习惯所带来的后果，表现在现实生活中，就是对言行的高度自律。

吃饭的时候，预估到多吃半碗辣椒就会让脸上爆出几颗痘痘，她们会立刻停下手边的筷子；起床的时候，知道这一次的犯懒会引发以后的无数次赖床，她们会立刻按下闹钟洗漱晨练；讲话的时候，知道快到嘴边的一句话会让对方尴尬不适，就马上收起了锋芒……

轻盈的体态，得体的言语，柔和的笑容，这些我们所能看到的美丽，无一不是高度自律的结果。

一旦自律的习惯养成，内心便能笃定，明确地知道如何往更好的方向去控制自己的行为与思想。自己能掌握命运，能成为自己的女王，又何须顾影自怜，盼着做他人的公主呢？

自律能让人内心充满力量，这种力量，可以让我们不管是顺境还是逆境都能做到不卑不亢，让我们随时随地都能拥有自信的内心和从容的外表。

每一个女人，都要尽可能长期地保持自律。坚持读书，坚持锻炼，坚持早睡早起，坚持一样自己的兴趣……

不要小看你的每一个坚持。如果你从未放松过对自己的管理，久而久之，这些你曾坚持过的东西都会沉淀下来，成为岁月的馈赠，带给你由内而外的光彩，这是任何高级化妆品都比不上的。

自律，才是女人最高级的护肤品，也是每个女人能送给自己的最好的礼物。

早起的人，大多活得热气腾腾

01

夏天四点半到五点，冬天五点半到六点，已经坚持一年了。

做公众号初期，我喜欢熬夜。

熬夜的代价有很多，记忆力变差，丢三落四，还常常精神恍惚，把洗面奶拿来刷牙都是常有的事。

那段时间，头疼也如影随形。后脑勺常常犹如针刺一般疼，严重的时候频率高达几秒一次。工作的时候疼，睡觉的时候也疼，只有睡着的时候才略感安宁。

很快，那种虚脱感就让我吃不消了，我决定将晚睡改为早起。

当新的生物钟形成后，我很快爱上了这种作息方式。

经过整夜的休整，大脑变得格外活跃，在没有干扰的状态下，工作效率特别高。以前晚上常托着昏沉的脑袋琢磨四五个小时的稿子，出来的效果始终觉得不够好，在早上只需要三个小时就可以全部完工，而且灵感比晚上丰富得多。

到中午吃饭的时候，我已经工作了7-8小时了，稍微调整一下，休息5-10分钟，下午便可以继续全神贯注。一天的时间变得格外充实，不再有熬夜——赖床——慌张上班——疲惫赶稿——再熬夜的恶循环。

当然，前提是早睡，而且由于白天时间的延长，中午必须要休息，不然到了下午会生不如死。

清晨时光贵如金，我过了而立之年才真正理解。

幸而，还来得及，从现在起，把用来做梦的时光，用来追逐梦想。

02

我原以为只有清洁工才在这个点起床。其实并不是。

伴随着扫把清扫落叶的声音，马路上有三两台小车悄然驶过；早餐店时不时传来面筋与案板撞击的闷响；人行道上跑鞋敲击地砖的节奏轻快悦耳……

天亮前的清晨并没有我想象中那么寂静。

总有人在别人歇息的时候赶路。

我的心理学老师是个跨多领域的职业女性，她的早晨从凌晨四点开始，五点前给我们录好当天要学习的晨读资料，然后列工作计划，开展公司的工作。

她说，早起会带给她白天被延长的感觉，在凌晨无干扰的状态下，时间利用率会变得更高。

我的闺蜜瓜姐是个健身达人，每天五点出发，十公里，从深圳市区跑到海边。

她说，每当看到红树林的早鸟在歌唱、深圳湾的朝阳在升腾、翻飞的海鸥在伺机捕鱼、飘荡的雾气在拥抱大地，都有一种强烈的幸福感，感觉诗和远方，都在身旁。

一个暖男朋友，说他每天最幸福的时刻就是早起到上班前的这段时光。看书和室内运动结束后，他会一头钻进厨房给老婆孩子做早餐。

看着最心爱的人一边伸懒腰一边吸溜着自己亲手煮的面条，这是任何一个精致的早餐店都无法带来的满足感。

一个女神朋友，说她每天清晨都会有固定的一个半小时瑜伽时间。

带着软垫来到体育公园的草坪上，在露水与音乐中享受与自己心灵的对话，这段独处的时光能提供给她整天不间断的能量。

早起的人，大多活得热气腾腾。

03

常有人说，最大的幸福莫过于：睡觉睡到自然醒，数钱数到手抽筋。

然而，现实却是：那些够资格把钱数到手抽筋的名人，都不会睡到自然醒。

曾有一张行程表曝光王健林是4点起床，4：15-5：00健身，风雨无阻；也有报道说潘石屹4点起床，看报，6点晨跑，每天5公里，8点前开始工作；而库克永远是苹果公司第一个上班最后一个下班的人，每天3：45便开始处理邮件……

具体时间我们无从考究，但我们不得不承认，那些比我们成功的人，也比我们更勤奋。

能坚持早起的人，大多勤奋。能把自己从最舒适的状态中脱离出来，这世上能横在他面前的障碍便不多了；

能坚持早起的人，大多自律。他们坚持锻炼，坚持阅读，坚持学习，都不是难事，也从来不会放松对自己的要求；

能坚持早起的人，也都有着执念。他们对自己生活品质有着严格的要求，能在8小时外开拓出另一片精彩；

能坚持早起的人，也有更强的方向感。他们能更好地规划自己的一天、一周、一年，也能更好地掌控自己的人生。

南怀瑾先生曾说：**能控制早晨的人，方可控制人生。**

早起，一天两天看不出来区别，但它们囤积的力量却不容小觑，假以时日，你会发现，你离梦想已越来越近。

不信你试试，一年以后，你一定会感激早起的自己。

处世篇

划清边界，别人才不会轻易越界。

你若害怕得罪人，别人就不怕得罪你

01

我的朋友阿芝是一个热情善良，让所有人喜欢的姑娘。

她曾在一家人际关系非常复杂的公司工作，却能保证跟每一个人都不交恶。这倒不是因为她圆滑，而是因为她没原则。

起初，同事A请她帮忙翻译一段棘手的英文资料，她三下五除二帮忙搞定了。从此一发不可收拾，同事A一旦遇到难一点的英文翻译工作，就一股脑儿甩给阿芝。

后来，同事B忙不过来，同事A建议说：不如请阿芝帮你翻译吧，她翻译工作做得挺好的！于是，同事B也拿着厚厚的英文资料过来请阿芝帮忙了，阿芝依然没有拒绝。

当同事C找上阿芝时，阿芝正为自己手上的工作忙得焦头烂额，便说自己正忙没时间，让她先放一放。C义正词严地质问：翻译不也是你的分内事吗？

阿芝目瞪口呆。她从没意识到这个工作已经成了她的分内事。

同事们都是高等院校毕业，英文水平即使再差也是查查词典能克服的困难，之所以这项工作老是会落在她头上，不过是因为她好说话而已。

除了翻译，阿芝还揽下过不少麻烦：影印、烧开水、洗同事喝完的咖啡杯，这些都是她一开始不懂拒绝，后来便成为了分内事。她不仅是一个跟单员，还是个勤杂工。

阿芝怕得罪人。可是，自己都没有立场，别人就更不可能为她预设立场。

害怕得罪人，就会成为别人眼里最好欺负的人。

《奇葩说》有一期有关“不把自己当外人”的辩论，对边界不清的亲友关系做了分析，其中有一句关于人性的话让我印象特别深刻：**只要有一丝余地，他就能给你撕开一个世界。**

02

我以前也是个不懂拒绝的“老好人”。

有一次一个文学爱好者发来一篇文章请我帮修改，我忙里偷闲浏览了一下，指出了几个明显需要改进的地方。次日，修正稿过来了，我再次硬着头皮给了她一些细节修改意见。一周后，她告诉我说稿子被拒了。那篇已经快被我背下来的稿子又被她扔了过来，一副非得要我改到她发稿为止的架势。

我实在不知道这尊佛要何时才能送到西，于是忙着手边的事，没搭理她。

她发来一句：原来猫小姐经手的文字还有发表不了的啊？你赶紧帮我看看还有哪些不足的地方，这篇要是发不了，你的招牌就砸啦！

她的话，恭维里带着激将，这点小心思瞬间让我炸毛了，我给她回了一段话过去：你每次请我看稿子、聊天、咨询，我都是在手忙脚乱中抽出空来回你的。我因为尊重你的文字喜好而为你解答，这是出自于我自己意愿的“帮忙”，并不是我身为你文友的“义务”；如何改进你的稿子最终是你自己的事情，这并不是我的使命。

小姑娘呵呵一下，把我拉黑了。

那一瞬间我突然如释重负，并后悔没有早早地摆明自己的态度。我的不果断正好碰上对方的不客气，于是，自找麻烦了。

反思过后，我在微信上挂了个“拒绝闲聊”。从那时起，我的微信突然清静了，连微商广告都少了许多，朋友们基本上都是有正事才找我。

我们常说要“与人为善”，但是没有底线却会让善意变得特别廉价。

你若害怕得罪人，别人就不怕得罪你。

03

我身边有很多像我这样性格温吞、不太敢跟人家说“不”的人，似乎大家都会有同样的困扰：**很多时候，我们的“不好意思”并不会被领情，只会换来对方的“很好意思”。**

比如：你不好意思不借钱，对方就好意思借完钱就换号码玩人间蒸发；你不好意思不帮人做PPT，对方就好意思在你帮他做PPT的时候喝下午茶；你不好意思不帮忙，别人就很好意思一而再再而三地来找你……

我们以为一味地牺牲就能换来对方的感恩，其实并不是这样。往往是付出越多越会被人当成理所当然，反而是那些不太好讲话的人才不受人际关系困扰。

朋友小汪在电影院工作，以前经常有亲朋好友缠着他送电影票。

有一次，一个远房表姐带着公婆孩子等一家六口人直接冲到电影院门口，让小汪“看着办”：这门口不是你同事在检票吗，打个招呼让他放我们进去啊？

小汪直接把表姐领到了售票处。

表姐并没有因为此事跟小汪翻脸，反而自从他“不好讲话”的作风宣扬出去之后，再也没有人缠着他走后门看电影了。

三毛说：不要害怕拒绝他人，如果自己的理由出于正当。当一个人开口提出要求的时候，他的心里根本预备好了两种答案。所以，给他任何一个其中的答案，都是意料中的。

拒绝常被人看成是一种非善意的行为，但事实上，很多时候我们不懂拒绝仅仅是因为自己的软弱，与善良并没多大关系。

拒绝也是一种修为，它让我们一开始就摆出自己的立场，建立彼此的边界。合理的拒绝其实是对双方的尊重，它让我们把关系停留在情感层面而不是一味地处在索取和被消耗的过程中。

划清边界，别人才不会轻易越界。

这并不是一件多困难的事情。要知道，越是珍惜你的朋友，越是不会拿力所能及的事情来麻烦你。

我们并不是要摒弃善良，而是要学会尊重自己。

别让运气毁在脾气里

01

那天很冷，我在始发站等公交车，冻得牙齿直打架。周围等车的乘客们也跟我差不多，捂着手跺着脚，大家都眼巴巴地等着上车避风。

好不容易盼到车来了，就在我们准备提脚踏车的那一刻，司机下了车，“咣”的一下把门锁了。挤在我前面的妇女抱着孩子，奔跑的惯性差点让孩子的脸撞在门上。

司机不耐烦地朝我们吼了一句：“都急什么？发车的时候会开门的！”随即，捏着钥匙离开了，剩下我们面面相觑。

隔不多久，司机拿着一瓶水返回，吆喝着我们上车。抱孩子的妇女上车后嘀咕了一句：“买水说一声就好了，何必那么冲……”

司机勃然大怒，嘴里嚷着“你爱坐就坐不坐就滚”，脚下就开始踩油门。我们还没站稳，车就像火箭一样窜了出去，然后急转弯，急刹车，再回归正常行驶。

还没坐稳的乘客们在车里被甩来甩去，最惨的就是抱孩子这位妇女，她还没来得及抓稳柱子，就和孩子一起扑到了另外一个乘客身上，孩子吓得哇哇直哭。

乘客们看不过去了，纷纷指责司机，有人当面打起了投诉电话。

可能是意识到投诉会带来麻烦，司机终于不再骂骂咧咧，自言自语地说今天日子不好，出门就碰上爱计较的乘客。我倒是觉得，与其说是日子不好导致运气不好被投诉，倒不如说这一切都是因他脾气不好而导致的。

一个人脾气的好坏与运气的好坏是成正比的，你有什么脾气，就有什么运气。

02

我曾经有个朋友就因为坏脾气吃过大亏。

朋友原来在某鞋厂担任技术主管，负责把客人的设计图纸变成实物。有一次收到客人设计稿，觉得设计太过艺术化，在实际操作中有困难，便带着图纸去客人那里讨论。

未料，当天设计师带的翻译是个新手，有很多鞋类专业术语无法翻译准确，设计师无法理解操作中的困难，便坚持要按图纸去做。

朋友气急败坏，当即对小翻译大发雷霆。虽然语言不通，但愤怒的表情和语气却是地球人都懂的。设计师立马打电话给老板，说如果不开除技术主管，就再也不与这家鞋厂合作。

朋友没有被开除，但是被降职了。老板很委婉地向他表达了自己的立场：并非迫于客人的压力要予以重罚，而是因为一个将个人喜怒置于工厂利益之上的人，他不敢再委以重任。

朋友在这家工厂没待多久就离职了，后来去了新的公司，脾气收敛了许多。他说那一次降职，给他上了很好的一课：**一味地锋芒毕露只会让自己失去展露才华的机会。**

坏脾气的人大多比较固执，他们习惯以自我为中心，不能接受与自己不同的想法。因此，他们在与人沟通的时候会不自觉地带有攻击性，让人感觉到自己不受尊重。

坏脾气的人遇事易冲动，面对困难或挫折时无法冷静地权衡利弊，做出的决定往往缺乏理性思考和长远的判断。所以，坏脾气其实还是挺误事的。

03

有句名言说，好脾气是人生的一笔财富。我就亲眼见证过。曾有能力旗鼓相当的两位同事竞争一个岗位，脾气较好的同事胜出。老板给出的理由是：**人缘好，更利于团队合作。**

好脾气的那位同事，我们很少见他跟谁急眼，但他也不是寻常意义上的滥好人。他有自己的原则，每次遇上意见分歧，他总能从容不迫地把问题解决好，即使是对方动怒，也能很快被他的和颜悦色磨得没脾气，然后平静下来倾听他的意见。

毕淑敏曾在《柔和的力量》里写过：柔和有时比风暴更有力量。柔和是一种品质与风格，它不是丧失原则，而是一种更高境界的坚守，一种不曾剑拔弩张，依旧扼守尊严的艺术。

一个能控制好自己脾气的人，在个人素养和意志力方面都会表现出超乎常人的能力，团队合作意识也非常强。此外，好脾气的人一般人缘都不错，他们在职场上更易获得人脉资源。

往往一场争执下来，每个人的工作态度和处事方式都一览无余，个人素养和人际关系立见高下，运气往往就在此时发生了偏移。

一个人脾气的好坏其实是个人综合素质的反映。一个能控制自己脾气的人，绝对是有责任心、有担当、有涵养的人。他们懂得尊重他人，也懂得以理性的方式捍卫自己的立场。相比脾气暴躁的人，他们看问题的眼光放得更加长远。

04

许多人发脾气都是逞一时之快，但其实对解决问题没有任何帮助，反倒是消耗了自己，也给他人造成了困扰。甚至有时候，发脾气的人比被发脾气的对象受到的伤害更大。

其实，控制脾气也并不是那么难，我们可以试着从以下几个方面进行改善：

1. 正确认识自己的情绪，发现情绪在引领自己的行为时，立刻转移注意力，让自己放松，不要在气头上做任何决定。能控制自己的思想，才能控制自己的情绪。

2. 有意识地训练自己的意志力和自控能力，每次发脾气前，先忍耐30秒，对发脾气的后果有个掂量。长期下来，能促使自己养成冷静思考的习惯。

3. 不以自我为中心，凡事多考虑他人的出发点。换位思考可让我们更全面地了解事情的真相，减少对他人的敌意，不让情绪吞噬理智。

4. 负面情绪堆积时，找到合适的减压方式。每个人对压力的排解方式都不一样，有人需要独处，有人需要倾诉，情绪不会凭空消失，我们需要找到适合自己的方式去把它释放出来。

永远记得：**脾气上来了，智商就下去了。**

不是运气挑战了我们的脾气，而是我们的脾气替我们选择了运气。

不必把太多人请进你的朋友圈

朋友的公众号需要录制音频，让我帮着找播音员。

我想起几个月前，一个做电台主播的小女生找我要过文章授权，她当时说要把我的文章用在她自己的电台上，并承诺，如果我的公众号哪天需要录制音频，她一定鼎力相助。

我在微信里搜索到小女生的名字，然后发信息给她，没想到系统自动弹出来一个信息：

对方开启了好友验证，你还不是他（她）朋友。请先发送朋友验证请求，对方验证通过后，才能聊天。

真是难以言说的滋味。

在我的定义里，她是属于“朋友”的。

翻看我们之前的聊天记录，我们探讨过圈内八卦，交流过各自的家庭，卖过萌，斗过图，最长时间的聊天一次有两三个小时。我认为，这已经算是志同道合了。

可是，我连什么时候被人删进垃圾桶的都不知道。可能再过上三五个月，她的名字也会在我记忆里模糊甚至消失。

我们最终会相忘于江湖，这段昙花一现的友谊也会变得无迹可寻。想到这里，我突然有些心疼那些耗在这段友情上的时间与精力。

随着年龄的增长，我们结识的人越来越多，称之为“朋友”的人也越来越多。

但是，友谊的成本却是越来越高，保质期也越来越短。

小时候，一起逃过课就算得上是生死之交了；长大后，共过事拼过酒随过份子钱的人都可能被遗忘。

我曾有一天在大街上碰到一个老同事。

我们十几年前曾同在一个部门工作，格子间的位置相邻。我们在一起讲过老大的坏话，一起偷懒摸鱼，还为她出谋划策助她去追求心仪的男生。

然而，在我们重逢的那一刻，我们相互指着鼻子，半天叫不出来对方的名字。最后，只得尴尬地笑着说：好巧，你也在逛这条街啊！

苏芩曾写过这么一句话：不必把太多人请进生命里。若他们走进不了你内心，就只会把你生命搅扰得拥挤不堪。

这句话，可能只有越成熟才越能体会。

要耗费多少心力，才能五湖四海皆兄弟？

有许多友情最后都不会在我们生命中留下痕迹，只不过让我们徒增了许多无用的社交，这又何尝不是对生命的消耗呢！

刚参加工作那会儿，我一直觉得自己怀才不遇。我看了些励志的书，被一些人脉圈子的格言给洗脑了，迫切地想要改变，想要成功，想让世人看到自己的璀璨。

于是我决定拓展自己的人脉，结识一些优秀的朋友，进入更高层次的圈子。我把这种鸡血沸腾的思想传染给了我的闺蜜兔子，我们像饿死鬼投胎一样，疯狂迷上了饭局。

我们结识了仓库的保管、后勤的保安，还有供应商的送货员。我们发誓要在工业区杀出一条血路，成为举足轻重的人物。后来，我们真的有了点名气，别人提起我们，总说我们是“厂里最爱蹭饭的两个女孩子”。

脸皮薄的我们终于在臭名昭著这条路上刹了车。

事实证明，我们永远只能认识与我们水平相当的朋友，如果足够幸运，我们还可能结识少量与我们处在同一层次但比我们优秀一点的朋友。但是，跨越层次的朋友圈，我们削尖了脑袋也钻不进去。

有多大本事，混多牛的圈子，这点是我们在社交上费再多心血也改变不了的事实。

人脉从来都不是靠追逐，而是靠吸引。真正的朋友，总是在同行的时候自然而然地靠近。

害怕孤独是人的本能。

我们渴望陪伴，所以我们结交很多朋友，你来我往，熙熙攘攘。

当生活被各式各样的交际活动安排得满满当当，我们就会误以为自己活得很充实。

其实不然。事实往往是：**外在越忙碌，内在越虚无。**

叔本华《人生的智慧》里面有这么一句话：一个人对与人交往的爱好程度，跟他的智力的平庸及思想的贫乏成正比。

一方面，越空虚越需要朋友；另一方面，结识的朋友越多，独处的机会越少，留给自己思考的时间也会变得很有限，于是思想变得更加贫瘠——这似乎就成了一个恶性循环，让我们在迷失自己的道路上越走越远。

所以，真的不必把太多人请进你的朋友圈。

放弃一些不必要的社交，多留些精力去做自己喜欢的事情，不断探索，生活才会越来越有趣。

不去留恋那些不堪一击的友谊，腾出一些时间来与自己相处，不断沉淀，才能活得越来越踏实。

我们只有活得足够认真，生活才会帮我们去伪存真，让我们看清楚哪些人才是我们生命中的稀世珍宝。

朋友不必多，贵在能知心。

越纯粹的感情，才越有价值。

跟“嘴欠”的人说“再见”

01

小王走狗屎运，在中介所碰到了一个急着抛售房产的业主。

业主是生意人，急需资金周转，想把手上的一套小户型房屋低价卖出，正好被前去咨询二手房的小王给碰上。双方一拍即合，立马在中介所签了协议。

小王喜不自胜，在微信群里分享了这个好消息。大伙儿听说小王捡了个大便宜，纷纷表示羡慕，并道上恭喜。

然而，一片喜气洋洋的祝贺声中，却有一句不合时宜的话窜了出来：小王， 这么便宜的房子是不是风水不好？房子里面不会死过人吧？你可要打听清楚，别被人坑了呀！

说这话的阿正跟小王在同一个部门共事。他的一句话，直接把天聊死了，刚才还热热闹闹的微信群，马上没一个人出来说话了。

隔了好久，小王才出来打圆场：该了解的都了解过了，谢谢正哥提醒！

不多久，阿正就打听清楚了小王新房的周边环境。这次他倒没在微信群里说，而是跟别的同事私下嚼舌根：听说小王新买的那房子，旁边就是个染布厂，那污染得多严重啊！他家小孩那么小，怎么能在这种环境下生活呢？

话传到小王耳朵里，把小王气得七窍生烟。他找阿正当面对质，阿正尴尬地回应：我只是好意提醒一下，你可别多心！

是不是好意，明眼人都看得出来。

其实阿正平时跟小王的关系并不差，平时出去健身K歌什么的从没忘记叫上小王一起。只是，每当小王某一方面表现得略有优势时，俩人的关系就变得有些微妙。

例如，某季度小王的成绩突出，获得了公司唯一的“销售标兵”奖金，小王请吃饭的时候阿正就找借口缺席了，而且一连好些天，阿正都对小王爱搭不理的。

这种事情多了，小王就明白了：他与阿正的友谊，建立在双方资源均等，或者阿正比他略强的基础上，一旦他有任何地方超越阿正，他们就友尽了。

说白了，就是你让我觉得被比下去了，我就得损你。

02

同学朋友聚会，免不了要说点家长里短。如果仅仅是相互关心，那么天下太平。但往往有一种人，他们可能自己的日子还没过顺溜，就要开始把别人踩在脚下以彰显自己的优越感。

我的闺蜜就受过这种羞辱。

有一位好久不见的张小姐，是闺蜜的高中同学。得知闺蜜至今单身时，张小姐语重心长地说：你现在这个年龄，已经是在走下坡路了，要求要适当降低一点，不能再像以前那样挑剔了。

闺蜜尴尬回应：顺其自然吧，不急不急。

张小姐义正词严地说：怎么能不急！马上就快生不出孩子了！

说罢，疼爱地摸了摸身边两个孩子的后脑勺，对闺蜜展露了一个母爱四射的笑容。

闺蜜赶紧借口上厕所，准备开溜，结果张小姐不依不饶地一路把思想工作做到了卫生间：赶紧辞了工作回家相个亲，赚那么多钱有什么用嘛！

闺蜜28岁，风华正当年。平时爱保养，爱健身，经济独立且多才多艺，身边从不缺乏追求的人。闲暇之余学国画弹钢琴，周末参加户外组织的徒步攀岩，读过万卷书，行过万里路。虽然暂时还未遇上志趣相投的人，但她却把自己的生活安排得斑斓多彩。

把日子过得如此精致的姑娘，突然被人奚落“嫁不出去”“就快生不出孩子”，实在是有点让人啼笑皆非。什么时候，单身也成了缺点？

重要的是，据其他同学反映，张小姐的生活过得并不太如意，夫妻感情不好，三天两头闹离婚，邻里关系也不太和睦。

闺蜜想不通，一个把生活过得乱七八糟的人这么热衷于对别人评头论足，这种居高临下的信心是从哪里来的？

不过，我倒是觉得，正因为她过得不好，才用这种方式来显现她的优越感。毕竟，已婚已育是她为数不多能在人前炫耀的东西。

越自卑，越嘴欠。

03

佛家有一种“卑慢”的说法：“于多分胜，谓己少劣，名为卑慢。”意思就是，对比他人强过自己的地方，虽然知道自己不如人，但还是有一种“我也差不到哪里去”的意识。

卑慢者的自卑心起源于自身能力不足，所以他们言语中的傲慢常常表现为寻找和夸大自身的优越感，并会对他人进行恶意攻击，最常见的表现就是：恨人有，笑人无。

生活中的“卑慢者”比比皆是。

听闻前村的赵家兄弟生意做得大，就要操心一下人家为什么还不生孩子，差点就要送上不孕不育偏方；听闻李家姑娘老公会赚钱，就要叮嘱一下人家多留意老公是否在外面养小三；听闻王家姑娘老公会疼人，就要苦口婆心劝说男人还是要在外多赚点钱的好……

他们想表达的，无非就是：事业那么成功有什么用，又没我会生！赚那么多钱有什么用，又没我家的安全！两口子感情好有什么用，还不是比我穷！

嘴欠的人，内心大多尖刻。当他们看到别人的优点时，并不会想着通过自己的努力去成全自己的渴望，而是极尽排挤和挖苦，以尖刻的言语来打压对方。

交上这种朋友，你若安好，那就怪哉了。

如果看着别人急着把你比下去，别生气，至少证明，你身上有某种优势引发了他的嫉妒。对付这种以踩别人为乐的人，只需一笑置之，不必纠缠。

因为你越搭理，对方会越来劲。只能微笑回应：你瘦，你美，你说什么都对。

人生苦短，时间金贵，不必把精力浪费在这些给自己添堵的人身上。如果碰到了，就说声再见，以后再也不见。

远离那些“随便”的朋友

朋友搬新家，碰上一个“自来熟”的邻居。

那天东西还没摆进屋，对门阿姨就热情洋溢地过来打招呼了，一边帮着朋友搬东西，一边刺探着各路情报：姑娘哪里人？多大了？结婚没？在哪儿工作？一个月多少钱？

朋友招架不住这热情劲，便将底细和盘托出。讲到自己业余接家教的时候，阿姨的眼睛亮了，问是否也能给她家姑娘辅导辅导。

朋友客气地回绝她，目前手上已经接了两个家教了，等以后空了再说。

没想到，隔天一个初中生模样的小姑娘就拿着英语书上门来了。阿姨将孩子送到门口，挺大声地交代小姑娘，姐姐忙的时候不要打扰她，有什么问题等姐姐空了再问。

就这样，每天晚上回家，朋友都要在一个小姑娘的注目礼中敷面膜、看书、拖地……

被折腾了一周，朋友决定辞掉一个家教来辅导邻居小姑娘。

按朋友的习惯，辅导费都是要提前谈好的。可当她提出费用按小时计算时，阿姨怒了：**我们都这么熟了，还得算钱啊？**

朋友很是尴尬。她告诉阿姨，她接的所有的家教都不是免费的，付出了劳动就应该有报酬，跟熟不熟没关系。

阿姨义正词严：**你工资已经那么高了，少赚这点钱对你能有多大影响呢？一个女孩子，赚那么多钱干嘛呢？**

朋友有理难辩：才认识十来天，能熟到哪里去？都能管我赚不赚钱了，这也太不拿我当外人了吧？

我一向对"自来熟"的人没什么好感。当然，我说的"自来熟"，是那种无事献殷勤、与人交往没有边界感的人。有些人气场相投一见如故，能迅速熟络，并不在此之列。

有边界感的人，人前表现的是随和；没有边界感的人，人前表现的是随便。

那些表现"随便"的朋友，似乎永远分不清什么是"你的"，什么是"我的"，在他们眼里只有"我们的"。于是，未经允许翻人包包，或未经允许拿用东西。也许朋友正拿手机发着信息，他们就要凑过去看看打了什么字。

除了与人交际没有分寸感之外，**"自来熟"的另一个表现就是交友的功利性：对朋友的"索取"大过于"付出"。**

曾有一个做销售的朋友就栽过这样的跟头。

刚进公司时，公司安排一位老同事与她搭档做一场柜台促销。老同事以关照之名对她照顾有加，泡茶递纸送点心，朋友感动得一塌糊涂。

老同事在公司做文案较多，不如朋友柜台经验足，朋友便索性投桃报李，自己站柜台，让老同事歇着，坐在一边开单。朋友本想着赚到的提成一人分一半，未料老同事开单时将业绩全登记在了他自己头上。

朋友辛苦三天，全为他人做了嫁衣裳。

“随便”的友情大多比较廉价，一旦有利益需求，他们会毫不吝惜地牺牲朋友，成为背叛友情的一方。甚至很多时候，他们的友情就是用来为利益服务的。

所以，那些“自来熟”的人看似是所有人的朋友，实则永远将自己的利益凌驾在友情之上，对谁都不是朋友。

“足恭者必中薄，面谀者必背非。”这是古人留给我们的大智慧。

遇上这种“随便”的朋友要怎么办呢？

我那个做家教的朋友很有一套。她后来是这样与邻居打交道的：每天见面照常打招呼，阿姨笑得灿烂，她比阿姨笑得还灿烂。但是，带垃圾下楼、帮孩子补课这种“举手之劳”她再也不做了，偶尔遇上阿姨上门借米借鸡蛋忘了还，她就改天再去阿姨家借回来。

起初，她觉得自己做得有点过分，但时间长了，他们却回到了正常的邻里关系。阿姨不再提一些越界的要求，两家也没因此而伤了和气。

对付“随便”的朋友，立场是尤为重要的，必须要在第一时间亮出自己的底线。如果碰上对方提出不合理的要求，该拒绝的时候就要果断拒绝，不能给对方留有得寸进尺的机会。

一定要与那些“随便”的人保持距离，不要与他们谈及任何隐私。当他们跟你透露某个秘密的时候，你就要警惕了：他们正试图拿一件对他们不值钱的东西来交换他们感兴趣的东西。

“君子先择而后交，小人先交而后择。”真正的朋友，往往不是第一面的亲密与否所能决定的。**再热情的举止，若不加上真诚，都不会有友谊的价值。**

“熟”与“不熟”，从来不是嘴上说了算，我们的心最清楚。

追求合群，是你向这个世界示弱的标签

01

有一个月，小张夫妻狠狠地吵了两次架。

一次是为了赶同学聚会，小张抛下发烧的孩子跑了；另一次是约好去舅舅家走访，小张临时接到电话说同事要办生日宴，又跑了。

小张媳妇不明白，为什么和同学同事的聚会就那么吸引人？他们难道比亲人更重要吗？

小张反倒责怪媳妇不懂事：人家喊我是看得起我，我不能不给面子。当今社会，合群是一个人最大的能力，人脉是个人发展最重要的资源。

听到这个故事，我啼笑皆非。恕我直言，**合群从来就不是能力的代名词，一个人若是太过追求合群，这反倒是他向这个世界示弱的标签。**

据我所知，小张媳妇挺能干的，一边上班一边带孩子，还承担了家里大部分的开支。每逢家里有啥事，也都是她拿大主意，连公婆都说媳妇才是家里的顶梁柱，自家儿子太不争气，没个当老公和当爹的样子。

而小张呢，颇有点烂泥扶不上墙的样子，一直抱怨工作不如意，但除了现在这个单位似乎也没别的地方可去，就一直在这儿待着，五年如一日地打混。

小张何尝不知道自己做得不好，但越是挫败，他就越好面子，总想用其他的方式来证明自己的能耐，于是天天混迹于朋友圈和同事圈，造成一种很“吃得开”的假象，无非是想向人证明：看啊，我也是挺受欢迎的，并不是一无是处！

一个人若是对自我的评价过低，就会强烈期待别人的肯定，希望自己被群体接受并喜欢。他们对生活的满意度普遍不高，渴望通过群体的认可来体现自己的价值。

他们以合群的方式来证明自己不弱，其实，最先否决他们的人，却是他们自己。

02

合群的“合”字，在关系平衡的时候，为“契合”。频率相同的双方在同行的路上会自然而然地走到一起，不需要谁刻意用力就能相互吸引。

而在关系不平衡、有强弱之分的时候，这个合字就会变成“迎合”。**弱势的一方为了维持与强势一方的关系，需要付出更多的努力。**

我在之前上班的公司遇到过一个人称“老好人”的姑娘，她的合群之路走得特别艰辛。

为了成人之美，她做出过不少牺牲，即使是心里有委屈有愤怒也不敢正面表达；面对恶意冒犯，永远是一副唯唯诺诺的样子。

她很怕得罪人，即使是对方提出的要求不合理她也不懂拒绝。然而，她的讨好并没有让她更合群，反倒是让同事们一次又一次地去挑战她的底线。大家知道她有求必应，就经常把自己不想处理的事情丢给她。因为帮别人而熬夜加班，对于姑娘来说是常事。

最让人看不下去的一次，是她与某同事出差回来，两个人的业绩直接挂在了同事一个人头上，导致那个月她的绩效不达标，同事的奖金却翻了倍。

知道内幕的人提醒她要去把自己的利益争取回来，她却不敢：低头不见抬头见的同事，撕破脸了以后怎么相处？

内心缺乏安全感的人，时刻害怕被群体抛弃。他们不够自信，时刻恐惧自己成为异类而被群体攻击，迎合大众会让他们比较有安全感。

他们讨好别人时，内心的潜台词其实是在对自己说：我本是配不上去结交这些人的，只有我加倍地对他们好，才能维持我们的关系。

作家李笑来曾说：**一个人的幸福程度，往往取决于他多大程度上可以脱离对外部世界的依附。**

当我们刻意去追求合群的时候，其实是给了自己一个**“向上突围”**的心理暗示。当“我要合群”这个动机出现时，我们就已经把自己摆在了比较低的位置，在向这个世界示弱了。

03

哲学大师叔本华曾说：**一个人对与人交往的爱好程度，跟他智力的平庸及思想的贫乏成正比。人们在这个世界上要么选择独处，要么选择庸俗，除此以外再没有更多别的选择了。**

投资大师沃伦·巴菲特自小就不太合群，同龄的孩子选择开电视看动画片时，他却热衷于阅读和计算，这为他日后的睿智打下了坚实的基础。

即使是成为全球首富之后，他依然保持着独立思考的习惯。他定居在偏远的小城，严格限制自己的社交，把时间用来阅读和思考。

越是追求合群，越是会在无效社交上浪费时间，因此拖慢自己的成长速度；也会将思想聚焦在别人对自己的看法上，从而忽略自身的价值与需求；更会因为行为从众而降低自己独立判断的能力。

物以类聚，人以群分，一个人处于什么层次，他的朋友就会处于什么样的层次。

一般情况下，你与身边的朋友本身就已经构成了与你能力相匹配的资源链接。**如果你觉得有一个群体非得让你削尖了脑袋往里钻，那必定是你自己融不进的圈子。**

人际关系永远是能力的附加值，强求不来，尊严也是。

越是追求合群，越是难以如愿。你弱小的时候是你追求合群，你强大的时候是别人来合你。

从众的人，永远无法出众。

把交朋友的精力省下来，关注自身成长，你想要的，都会有。

你若不强大，就只能被环境牵着走

01

有段时间，闹婚的新闻频出，让大家大跌眼镜。

最匪夷所思的是，在江苏盐城竟然还有喜公公在婚宴上抱吻新娘儿媳的这种现象，当地人还觉得挺正常。

在经历了网友的口诛笔伐后，当事人委托律师发了声明，宣称自己是“在特定的场所、特定的氛围，按照盐城地方传统习俗，做出了看似亲吻儿媳、实为假亲吻儿媳的表演动作，这种动作纯属迎合当时出席宴会宾朋的心理期待、营造喜庆气氛的需要”。

当事人“喜公公”在接受记者采访时说，当地“闹新娘”习俗，闹得越好，预示越能发财。当时他只是搂着儿媳，用脸贴了一下，不存在“强吻”。

“扒灰”这种闹婚习俗，是在婚礼上恶意捏造公公与儿媳的不正当关系，并以此逗趣，以达到营造热闹气氛的效果。

拿恶俗当有趣，这种陋习很多省份都有，落后农村居多。

可是，有陋习的地方多，但守得住底线的家庭也不少。并不是人人都爱恶趣味，也并不是人人都会在起哄中失了行为准则，文明婚礼还是占大多数。

文明在进步，社会在发展，那些还在坚守着陋习的，总是些发展跟不上时代脚步的个人或群体。

能打破传统陋习的家庭，基本上都具备以下三个条件：

有一定的经济基础，在物质条件上能摆脱对环境的依赖；

有足够的思想觉悟，能自己掌握命运，不盲目迷信；

家庭关系和谐，有情感驱动力来对抗陋习。

一个家庭或群体有没有能力对抗封建陋习，靠的是他们的经济条件与认知水平的综合实力，从这一点也最能看出他们在社会上所处的阶层。

02

过年的时候，我写了一篇《我蹲在灶台边吃完了年夜饭》，讲了两个朋友的真实故事。

一个是朋友燕子去夫家，遵循当地“女人吃饭不能上桌”的风俗，蹲在灶台边过了一个憋屈的年；另一个是婚姻不幸的朋友玲玲，遵循娘家“出嫁的女儿不能在娘家过年”的风俗，除夕夜无家可归。

我曾说，**一个地区有多落后，看女人地位就知道了。**但是，许多读者的留言却让我有了更深刻的体验。

有位叫Cindy的姑娘说:女人不能给祖宗上坟，不能在娘家过年的习俗，都被我家打破了。感谢开明的父母，明天和爸爸一起给家里的先人上坟（大年三十给先人上坟是我们这里的习俗）。

还有位Karen留言说：我生娃那年在娘家，我爸说，按风俗嫁出去的女儿不能在娘家生孩子的，但是管它的，你就在这里生，谁要说就让他们说去!

再落后的地区，也会有不落后的人。陋习存不存在是一回事，你要不要因循却是另外一回事。

我的亲婶婶也给我留了一条言：我已是身为人婆了，但作为娘家女儿，我嫂子还请我们去吃年夜饭，百里洲的女儿在年三十不能看见娘家灯光的风俗早就被我家打破了。

婶婶几兄妹都受过良好的教育，虽然算不上书香门第，但娘家几代人都是知识分子。

到我婶她们这一代，基本上是物质和精神同时脱贫了，他们根本不担心嫁出去的女儿会不会破坏娘家的风水，他们只关心嫁出去的女儿想不想家。

思想不落后，才算得上是真正的脱贫。

03

如果将人们在社会上的地位分为上中下三个层次，那么他们对环境的依赖程度应该是最好的区分：

上层人士，有能力创造环境，不必在意任何人的看法，就能有尊严地活着；

中层人士，有能力选择环境，能努力平衡他人的看法与自己的需求，为自己挣来尊严；

下层人士，被环境牵制，努力迎合他人以获得认可，自以为有尊严。

一个人对陋习的狂热程度，就暴露了他的阶层。

迷信，不过是我们无法把握命运时的一种精神依托。越身处底层，越会迷信，只有当认知和能力发展到了一定高度的人才会觉醒。

有关觉醒，周国平这样解释：**生命的觉醒，就是要透过社会堆积物去发现你的自然的生命，牢记你是一个生命，对你的生命保持一种敏感，经常去倾听它的声音，时时去满足它的需要。**

婚宴上，夫妻之礼是需要，扒灰陋习是多余。可是，若是还没解决好基本的生存需求和安全需求，是无法觉醒的，**他们不仅害怕自己成为异类被群体抛弃，还指望着闹婚闹出财运。**

没有能力打破陋习，便只能被陋习吞噬。

同理，那些不敢让嫁出去的女儿回娘家过年的人，有几个真心是要把女儿撵出家门呢？不过是惧怕自己越过越穷，指望着靠遵守陋习能给家门带来点好运罢了。

你若不强大，就只能被环境牵着鼻子走。

打破陋习并不是件容易的事，有时候甚至要靠几代人的觉醒。

打破陋习的第一代人，最为可敬，因为他们面对的挑战和压力是最大的。对封建陋习狂热的人，最为可怜，因为他们被自己有限的认知压在了社会底层，翻不了身。

只有努力提升自己的层次，才能拒绝做你不想做的事，让生命回归本来的样子。

层次越低的人，越见不得别人好

燕子遭遇了一场友情背叛，堪称现代版的农夫与蛇。

燕子过年回乡探亲的时候得知发小珍珍被前公司裁员，一直找不到合适的工作。正好公司在年后有招人计划，便介绍了珍珍来自己就职的公司做销售。

燕子是销售部主管，她介绍人进来老板二话不说就答应了。

燕子对珍珍的照顾是大家有目共睹的。她不仅尽心尽力地向珍珍传授销售经验，还常常把俩人共同跑客户的业绩直接挂在珍珍一人名下。

然而，当燕子再度晋升，由销售主管升为品牌经理的时候，公司突然传来许多风言风语。

传言说燕子跟副总的关系不一般，之所以她每次都能得销售冠军，都是因为副总动用了自己的个人资源。还说燕子在短短的两年间就实现了销售员、主管、经理三连跳，不过就是牺牲色相一路睡上去的。

燕子在公司人缘不错，很快就有人告诉她，一直在她背后诋毁她的，就是她的发小珍珍。而且因为她与珍珍的关系铁，很多人都对此深信不疑，谣言便迅速扩散。

燕子百思不得其解：现在公司给珍珍的待遇，比珍珍前公司的待遇要好许多，为什么她不懂感恩，还要反咬我一口？

其实，如果这份工作不是燕子介绍的，珍珍可能也知足了。

但燕子是珍珍从小玩到大的伙伴，家庭条件差不多，教育背景差不多，眼见着一直跟自己同一水平的人突然过得比自己好数倍，她就无法淡定了。

我曾在网上看到过这么一段话：

当你接触的人越多、层面越高，你会发现，越高端、越有教养的人，大都相互支持、抱团发展，因为你好了，大家都好；越低端、层次越低的人，越是喜欢诋毁嫉妒、相互拆台、彼此鄙视，因为我不好，我也不让你好。

这话很有道理。

没见过世面的人最不能容忍别人知道的比自己多，没有能力的人最见不得别人平步青云，从不努力的人总是猜疑别人的成功是用的旁门左道或者是靠运气。

珍珍就是这样的人，**层次越低，越是见不得别人比自己好。**

02

曾有一个社会事件引发刷屏：广东某富豪捐两亿资金，建了258套别墅赠乡亲，却迟迟送不出去。

原来，村民们对别墅的分配问题产生了异议：有子女即将结婚的家庭要求多分一两套房的，有户口早已外迁又要求要回来分房的，还有村民要求补偿旧房拆迁的……

结果是，原本能按时交付的别墅，连续几天遭人恶意破坏，十多个窗子被石头砸坏，房子还没送出去就要开始维修。

真的很荒唐。一方面，宁愿得不到，也不愿意自己得到的比别人少；另一方面，觉得身边出了个能力比自己强数倍的大能人，多补贴自己一点是应该的。

只懂得索取，不懂得进取，所以越变越贪婪。

大衣哥朱之文走红后，曾一度与村民闹僵。平日里那个一同吃喝一同下地的农民，一夜间成了上过春晚的大明星，起初还能引以为荣，久了便分外眼红。

朱之文回家乡修路，村民不领情，嫌他贡献得太少；借出去的钱，村民不愿意还，觉得是理所当然；村委给立的功德碑，被村民砸了，甚至还有人半夜跑去砸朱之文家的窗子。

还是那片地，还是那群人，不过是因为他跑得快了一点儿，情义就不是当初那份情义了。

罗素有句名言说：**嫉妒可能是人的所有天性当中最不幸的一个了，由于嫉妒，人不去从自己所拥有的事物中汲取快乐，却不断地从他人所拥有的事物中汲取痛苦。**

善妒的人内心是尖刻的。当他人比自己更占优势时，他们不会想着如何去赶超他人，而是极尽排挤和挖苦，甚至为对方设置障碍。

善妒的人其实也是自甘堕落的。因为赶超别人需要努力，而嫉妒别人却毫不费力。

见不得别人好，是一种很纠结的心态。一方面，因为看到对方拥有的资源比自己多，会产生焦虑；另一方面，因为感觉到本属于自己的东西被别人拿走了，又会产生愤怒。

所以，他们在给别人造成困扰的同时，自己的幸福感其实也是大打折扣的。

03

嫉妒最易让人迷失方向，从而把情感和精力浪费在一个跟自己人生无关的目标上：仇恨和攻击他人。

那些见不得别人好的人，他们的脑海里始终盘旋着这么几个问题：凭什么？为什么是他？为什么不是我？

其实，这就是因为世面见得太少，导致认知层次太低。

没见过多少比自己优秀的人，就不会觉得自己差，也不肯承认别人比自己强。所以，宁愿把别人拖下来也要保持自己的心理平衡。

我们公司设计部原来有两个画图的实习生，几个月下来俩人各有所长，学姐擅长线条，学弟擅长结构。我们做女鞋设计，结构决定鞋子上脚的舒适度，线条决定鞋子外观的美感，缺一不可。

实习期结束后，师傅向学弟抛出了橄榄枝，希望学弟毕业以后来公司做设计。他认为学弟只要继续下功夫，很快能克服线条这个短板。

而学姐被师傅放弃的原因就是：她常在师傅面前挑学弟线条上的毛病，想让师傅注意到学弟的缺点。

师傅不客气地评价学姐：当一个人把心思全用来攻击对手的时候，就一定会忽略自身的成长。

低层次的人从来不会想到要去实现自己的人生价值，他们的奋斗目标就是不被别人比下去。他们一辈子都在活给别人看，爱攀比，爱争抢，恨人有，笑人无，见不得别人比自己好，以此来保持自己的优越感。

高层次的人从来不怕别人比自己好，他们懂得相互成就才能最大限度地实现个人价值。他们见过更大的世面，见过更多优秀的人，会心悦诚服地去靠近同伴，而不是去踩踏同伴。

见不得别人好，是一种病，得治。

治疗方法只有一种：想要什么，就自己努力。

与其费心机为别人烦恼，不如花心思把自己变好。

内心强大的人，不需要武装

有一天早上搭摩托车上班，差点车祸。

红灯亮，摩托司机小胖子加大油门，试图在左转的车辆过来前冲过十字路口。没想到，第一辆左转的轿车以始料未及的速度逼近，疾驰中差点与我们迎头撞上。小胖子赶紧扭转避让，摩托车一个趔趄冲到了对面的马路牙子上，小胖子赶紧用脚撑住才把摩托车平衡下来。

整个过程不过几秒钟，吓得我一身冷汗。

小胖子骂骂咧咧对着呼啸而去的轿车屁股说："有车了不起啊！这十几万的破车谁买不起呀！"说罢，还狠狠地往地上啐了口唾沫。

我倍感无奈，提醒他，原本是他要闯红灯，怪不得别人，没出事故已是万幸。

小胖子似乎并不在意引起这场虚惊的责任在谁，他更想让我明白，他也是一个买得起车的人。他说已经去好几个车行看过了，并告诉我哪些车性能好，哪些车他看不上。

我不太懂车，敷衍道："不错啊，买了车就不用天天这么辛苦了。”

“嗐！你以为跑车是我的专职呀？我都是闲着没事才出来跑跑！”小胖子像坝前的洪水突然得到了宣泄似的，滔滔不绝地跟我介绍起他的正业。

他说他是一个化妆品品牌的营销经理，手下有好几百号人，常常去跟手下的员工们讲课什么的。

“嗐！你别看我平时穿得随便，我讲课的时候可都是穿名牌西服的。你不知道，我讲课的时候谁敢嚣张？人家都是毕恭毕敬地叫我老师！”

说着，他还挺了挺腰板，似乎真在英姿飒爽地授课一般。

我不知道，一个人究竟是内心虚弱到什么程度，才会迫不及待地想要陌生人了解自己的社会地位。

我与他的交集，仅限于：我需要出行，他需要乘客。他的地位尊贵与否，真的跟我半毛钱关系都没有。

而且，这个社会地位，很明显是他自己虚构出来的。我每天都会碰到他在固定的出租屋楼下拉客，起早贪黑，下雨天也不例外。有时候碰上暴雨，他会给摩托车支个顶棚，车把手上再多加一把伞挡风。我曾多次见他为争一个五块钱的短途客人，跟同行争得面红耳赤。

如果他的生活真如他描述的那般光鲜，大可不必顶着烈日在镇街和工业区里来回穿梭。我也从来没有见过他西装革履的样子，偶尔看到他休息，都是在跟几个游手好闲的中年男人聚在一起打牌，有时候光膀子，有时候一件汗衫。

我不想去揭穿他孱弱的谎言。我心里明白，他这一番吹嘘不过是想获得别人的认可，让别人觉得他很强大。

我曾有幸在一家公司上班，老板是纵横商场几十年的业内大咖，身家不菲，学识渊博，却从无架子，相处起来犹如邻家大哥。

有一次我们部门聚餐，老板得到消息后，打电话过来询问能不能一起加入，我们尴尬地告诉他我们的聚会地点是一个小路边摊。

本以为他不会来的，结果五分钟之后他就出现在我们所在的露天烧烤店，和我们并排坐在低矮的塑料凳上，一起吃不太干净的烤鱼和豆腐串。我们开玩笑说，要是他朋友看到他这个样子肯定会笑话他的。他说："我怕谁笑话？"

的确，他不怕任何人笑话。

在许多老板追求山珍海味讲排场的时候，他独爱一颗路边散发着热香的烤红薯；在许多老板颐指气使地吩咐员工做事的时候，他虚心地向职员请教如何使用电脑和社交软件。

内心越强大，越回归本真。他历经沉浮，洞若观火，太了解自己拥有什么和需要什么，不需要装腔作势。

有些人生怕别人不知道他见过世面，只要出国十天半个月的就满口中英文夹杂的海归范儿，动辄飙上一句"Oh my gosh what's the hell"。张口闭口都是国际形势，还要装出一副什么都懂的样子对别人指点江山。殊不知在真正见过世面的人眼里，他就是班门弄斧。

有些人生怕别人不知道他有品位，喝了几杯咖啡就觉得豆浆俗不可耐，尖着鼻子喝红酒，翘着兰花指切牛排。即使是在剧组做场工，同学聚会的时候也要墨镜鸭舌帽加名牌包，装出一副牛哄哄艺术家派头。殊不知，真正有品位的人，举手投足都是教养，不需要装。

有些人生怕别人不知道他格局大。名片上的头衔一大堆，逮着机会跟名人合了张影，便说已经称兄道弟。饭桌上跟人说我的奔驰车送去保养了，所以借了别人的小奥拓开一开。殊不知，真正的牛人，才不会乱给人派名片或攀权附势，出行哪怕是乘公交搭地铁，也丝毫不影响他什么。

缺什么，炫什么。炫富的往往是怕别人觉得自己没钱，炫身份的往往是怕得不到别人的尊重，炫格调的往往就怕别人识破自己的俗气。说穿了，害怕别人看不起，不过是内心虚弱、底气不足的表现，所以越LOW的人越爱装模作样。

而真正的强者却不需要这些武装，因为他们本身就不在意别人的眼光。他们从容自信，明白自己的人生价值，清楚自己的生活方向，不需要迎合别人，也不需要寻求别人的肯定。所以往往境界越高的人，越是谦卑踏实。

与其煞费苦心地在外在上武装自己，还不如花点时间在内里提升自己，让自己早日变成自己满意的样子。

唯有成长和自信，才能让人自带光芒。

家庭篇

没有天生的灵魂伴侣，只有人为的悉心经营。

好的爱情，一定要比肩前行

这是我的朋友阿媛的真实故事，也可能是很多个家庭的真实写照。

阿媛与现在的老公大明是在一家制衣厂共事的时候认识的。

当时阿媛在流水线这头做车工，大明在流水线那头做品检，一来二往的，就情愫互生了。

虽然他们恋爱的时间并不短，可是当阿媛宣布结婚时，周围的朋友还是吓了一跳。

因为他俩差异太大了。

阿媛是个上进心相当强的女孩子，尽管早年间因家庭贫困失学，参加工作后却一直没停止过学习，她在工作上的较真劲头也很快让她脱颖而出。

大明却性格温吞，胸无大志，虽然初识时俩人在同一起跑线，但明眼人都看得出来，野心勃勃的阿媛和安于现状的大明，会很快拉开距离。

有一条看不见的鸿沟，就潜伏在不远的将来。

被爱情冲昏头脑的阿媛没有考虑太多，义无反顾地跟大明结了婚。她说：大明疼我，我需要他。

大明对阿媛的确很好。

阿媛每天下班以后去上夜校，大明就守在学校门口等她，冬天冻成筛子，夏天热成狗。

阿媛每一次备考的时候，大明都鼎力支持，包揽全部家务让阿媛专心学习。

为了配合阿媛的职业规划，大明甚至贴心地推迟了要孩子的打算。

在大明的支持下，阿媛一鼓作气，从大专一直读到了在职研究生。

阿媛在职场上也是一路高歌猛进。**她花四年时间从工厂跳到外企，又用了三年时间从普通职员做到了高层主管，月薪翻了十倍。**

大明一直在原来的服装厂，像一颗安静的螺丝钉。**他从流水线小质检晋升到品质组长，薪资每年有个一两百块的小调整，欣慰，知足。**

照理说，整体经济条件变好了，小两口的日子应该越过越滋润才对。

事实并不是这样。

爱情可以让人盲目，也可以让人万劫不复。

两人最初的矛盾，产生在买衣服上。以前两个人买衣服，都是一次性去批发市场淘好一季的所需。不知何时起，阿媛不再留恋假扮服装店采购商跟人讨价还价的乐趣，开始喜欢高级商场，她欣赏那些质地精良、剪裁考究的时装。有一次，阿媛跟大明买了一套高档服装，价钱相当于大明一个月的工资。大明说阿媛变得虚荣了，衣服扔进衣橱里，一次也没穿。

两个人的兴趣爱好也渐渐发生了变化。阿媛约大明去旅游，去俱乐部健身，去听音乐会，都被大明拒绝了。大明觉得，那些都是烧钱的装格调的行为。在大明眼里，在电影院看一场电影和在电脑上看一部电影的效果并没有区别，他宁愿在家看看电视，出门和朋友打打小牌。

两个人的圈子渐行渐远，沟通变得越来越少，也变得越来越难。当年一起上班的时候，遇到困难都是一起解决，如今却大不相同，大明再也给不了阿媛什么有价值的建议。对待阿媛职场所遭遇的困境，他永远只有一句话：有什么好计较的，不就一份工作吗？

阿媛有了些存款，开始做理财时也跟大明发生过不少冲突。大明觉得所有的投资理财都是骗人的，跟朋友圈里那些拉保险的差不多，他认为阿媛就是利欲熏心。阿媛曾尝试过说服大明学习一些基本的理财知识，大明认为阿媛是在取笑他没文化，挣钱不多。

消费观的差异、思维的差异、格局的差异，也让小两口的矛盾一天天激化，家里常常是硝烟弥漫。

曾经有家机构做过一个婚姻调查。问题是：**你认为婚姻的第一杀手是什么？**

这项调查在40000个女性中展开，大部分为26-35岁、婚龄在1-7年之间。结果出来，令人震惊。

得票最高的不是出轨，不是生活习惯或观念矛盾，也不是对孩子教养观念不一致，而是：**没有共同语言或成长步伐不一致。**

阿媛的故事没有结局，还在生活中真实地上演。不同的是，在有些家庭里，阿媛是男人，大明是女人。

阿媛上进有错吗？大明知足有错吗？

婚姻里，很多矛盾都是源自观念与步调的冲突，没有谁对谁错，也不是谁变了，是我们离得远了：越来越不均衡的个人实力让我们患得患失或心生嫌弃；价值观的不断冲突让我们在争执中变得狼狈不堪；兴趣爱好零交集让我们变得无话可说……

有些夫妻变成怨侣勉强前行；有些夫妻带着伤痕分道扬镳。

《简·爱》里有一句话说：爱是一场博弈，必须保持永远与对方不分伯仲、势均力敌，才能长此以往地相依相惜。因为过强的对手让人疲惫，太弱的对手令人厌倦。

好的爱情，是一场棋逢对手的过招，彼此都有着丰富而独立的世界，不依赖，不攀附，不捆绑：**你若振翅欲飞，我便与你一同翱翔。**

所以说，哪怕此刻有再多的钱，有再多的爱，也不要轻易就剪断了自己的翅膀。

成长比牺牲更能得到尊重，比肩而行才能相互取暖。我们要一起变得更好，才能更相爱。

爱情最美的样子，不就是在共同成长中互放光芒吗？

哪有什么灵魂伴侣，不过是求同存异

01

文友安安常跟我诉苦说在家里爱跟老公吵架。

其实在外人眼里，他们是一对志趣相投的夫妻。因为俩人都是文学爱好者，常人期待的灵魂伴侣的模样，可能也就是这样了。

但事实上，灵魂伴侣却没那么简单。

安安从事新媒体创作，自己经营一个公众号，写鸡汤，写感悟，也追追热点。大庆是纸媒作家，擅长抒情散文，就是“盼望着，盼望着，春天来了”的那种散文。

俩人去一趟黄山旅游，安安会写一篇《旅行，就能暴露你的素养》，大庆则会对着一棵松树洋洋洒洒地讴歌上5000字。

挺浪漫的吧?

可他们一年能为这事吵上180天。

大庆说安安的文字庸俗不堪，安安说大庆写的文章无病呻吟，俩人相互奚落，语言不够拳头来凑，俩人常常从书桌打到厨房。

一个下里巴人一个阳春白雪，对文学的见解各不相同，谁都说服不了对方。

世上还没有两片相同的树叶呢，怎么可能会有两个完全同步的灵魂！

看杨绛的《我们仨》，里面有个细节让我印象挺深刻的。

杨绛在书里回忆，她与钱锺书年轻的时候出国留学，在船上因为法语的一个字的发音争得面红耳赤，后来在船上找到一位法国人证实才算了事。

而这个过程中，俩人都说了不少伤害对方的话，闹得很不愉快，最后达成了一个协议，就是：**“各持异议，不必求同。”**

世人都知钱锺书夫妇俩伉俪情深，这恐怕就是他们相处融洽的缘由。

02

我以前的同事娟姐，她与老公是我们公认的模范夫妻。他们俩人的爱好大不相同，生活习惯也有着不少的差异，但婚后的生活却格外甜蜜。

娟姐喜欢画画，常外出写生，碰到山山水水的能对着画一整天。娟姐老公就背着个相机，陪她逛山山水水。俩人一个画画，一个摄影，互不干扰。

娟姐老公喜欢看足球，有本地足球赛事的时候娟姐就陪着老公去看，自己在一旁戴个耳机听音乐。

做不到欣赏，却能做到陪伴，这也是一种默契。

娟姐是湘妹子，嗜辣，顿顿要吃米饭；老公东北人，饮食习惯迥然不同。俩人做菜的时候，常常是一盘菜配两个味碟，一碟带辣椒一碟带蒜泥。

平日里不管谁买菜，都会记得在菜市场带回一打老面馒头。做饭的时候，饭锅里煮着饭，蒸锅里热着馒头，一点都不违和。

他们的相处秘诀也就四个字：**求同存异。**

想想也是，那些经常吵架的情侣都在吵些什么？不就是容忍不了对方跟自己的差异吗？你想把拖鞋放室内，他要把拖鞋放室外；你想让孩子上早教，他要让孩子再玩一年；你嫌在外面吃饭浪费钱，他嫌在家里吃饭费时间……

每个人都想用自己的意志去控制对方，各不相让，就吵得不可开交。

03

这种差异升级到家庭矛盾：男人心疼自己爹妈，就埋怨对方，媳妇做得不像女儿；女人心疼自己爹妈，就埋怨对方，女婿做得不像儿子……

换过来想想，谁都没错，只是立场不同。相处3年和相处30年的感情基础是不一样的。你硬要相处3年的伴侣对自己父母产生30年的感情，只能让大家都抓狂。

如果在保留这点差异的基础上再去鉴别对方的付出，或许你会发现，对方其实也在尽力。

相处是门学问。**你若无意靠近，志同道合的两个人也能过得鸡飞狗跳；你若有心接纳，南辕北辙的两个人也能过得琴瑟和鸣。**

少女时代的我也曾期待能找到灵魂契合的soul mate，花前月下，吟诗煮茶。后来我却嫁了一个非常木讷的男人，不爱舞文弄墨就算了，连我写的文章瞄都不会瞄一眼。

但是，他反而成就了我的创作。

我码字的时候，他会包揽家务、带孩子，让我专心写作。有时候会在我书桌边放上一杯热茶，也会悄悄把客厅电视音量调小。公众号的文章推送出来，他自己不看，转发朋友圈一向挺积极。这些无声的支持，都成了助我前行的能量。

我将这理解为另一种形式的契合。

每个人的阅历、见识、习惯、兴趣都不一样，再相似的两个人也都会产生分歧。没有天生的灵魂伴侣，只有人为的悉心经营。

尊重真实的对方，也尊重真实的自己，既不独断专行，也不刻意逢迎，找到彼此的交集，以最舒适的方式相处，就是天生一对。

世上可能真没那么个为我们量身定做的人，所谓的灵魂伴侣，不过都是彼此肯求同存异。

与原生家庭和解，是对自我的救赎

01

朋友和先生吵架，动了手。

虽然先生没有还手，朋友却委屈得哭了，打电话找我倾诉。她说，打人并不是她的本意，可是就控制不住自己的脾气。

她检讨了自己冲动的原因，最后追溯到童年时期的经历：小时候父母爱在她面前争吵，母亲脾气一向急躁，好几次都是忍不住动了手，无形中给她树立了坏榜样，教会了她在丈夫面前撒泼。

从心理学上讲，父母的相处方式会影响孩子成年后与配偶的相处方式，这种说法是成立的。但是，我并不太认同朋友的这种检讨方式。我问她：**你到底是在讨厌你的泼妇妈妈，还是讨厌变成泼妇的自己？**

她沉默。

信息爆炸时代，人人都懂点心理学。原生家庭的影响，每个人都能往自己的经历上套一点：不够自信，怪原生家庭给的关注不够；脾气暴躁，怪原生家庭里父母的相处方式不好；性格敏感偏激，怪原生家庭没提供足够的安全感……

诸如此类，似乎所有的人生悲剧在原生家庭里都能找到导火索。心理学的效能越跑越偏，一门帮助我们更了解自己的学科，让我们学会了逃避责任和仇恨父母。

当生活出现层出不穷的问题时，我们迁怒于自己的童年教育，无非就是想为自己的狼狈找一个借口，觉得把日子过得这么糟糕，并不全是自己的错。

追根溯源的理论本没错，每个人成年之后的行为都与童年的经历有着千丝万缕的联系。一个好的原生家庭培养出来的孩子，人格更加健全，更能以良好的心态去面对人生起伏，这是毋庸置疑了。

可是，这世上存在十全十美的原生家庭吗？答案是否定的。

每一位父母都不是生而完美，家庭教育里谁都做不到无可挑剔。上一代在教育我们的时候如此，我们教育下一代的时候亦如此。

02

朋友后来给我发了条微信：发现我是在恼怒自己不能招架这一地鸡毛的生活，谢谢你懂我。

其实，我也是有过类似的经历才会懂。

打工初期，我穷困潦倒，几次都差点饿死，甚至还在大街上乞讨过。我向所有能联系上的朋友求助，却不曾向父母开口。我一度认为，是童年爱的缺失让我对“家”这个概念太模糊，缺乏信任和安全感。

这个观点到母亲帮我带孩子时才发生改变。

有一次，孩子高烧到抽搐，医院下了病危通知书。母亲在家与医院之间来回奔波，不眠不休。孩子出院后，她心有余悸地跟我说，这次真是太吓人了！

我提醒她：你对你自己女儿都没这么上心过。

10岁那年，父母在很远的农场做工，我与4岁的妹妹在家留守。有天夜里，妹妹发高烧，一直发抖，我抱着她一夜不敢合眼，生怕自己一睡着妹妹就死掉了。那个晚上，我的恐惧和无助一点都不比她现在少。幸好，第二天一早，出了一身汗的妹妹退烧了。

母亲也跟我聊起了当年的情况。那时穷，农场收成相对好一些。为了能挣够我们姐妹俩的学费，他们恨不得披星戴月，农忙时更是连做饭的时间都没有，带着开水和剩饭去地里泡着吃就能将就一顿。

那一刻，我突然明白，我们做母亲的背景不一样。

我之所以能追求孩子的心理教育，是因为衣食用度的解决相对轻松。而她做母亲的时候，仅是安排我们姐妹俩的吃穿与入学就足以让她殚精竭虑。

虽然她没有满足我所期待的爱，但在她的立场上来讲，她已经给了我们她认为最好的东西。她生来不是圣人，只能探索着以她认为正确的方式来表达爱， 就如我现在探索着想把自己最好的爱给我的孩子一样。

03

有次与文友老五讨论一篇稿子，从字里行间里读出了她对父亲的复杂感情。

因为家庭原因，老五没有读大学，她曾对此事耿耿于怀。然而，在父亲生了一场不轻的病之后，她又觉得什么都不如父亲重要。

这种爱恨交织的感觉，让我觉得似曾相识，也让我反省，既然我们那么爱父母，那么，**我们恨原生家庭时，究竟在恨什么?**

我的朋友，那个会跟先生打架的姑娘，当她发现婚姻不如想象中那么完美，便迁怒于父母的相处方式；于我自己而言，我无法接受自己的失败与无助，便迁怒于父母，认为他们没有给我足够的爱；文友老五，她其实是在期待一个更理想的自己，所以放不下她的大学梦。

原来，我们是在恨那个不完美的自己。

拒绝接纳自己，所以想方设法地为自己的缺陷找一个归因，似乎通过这种方式，就能为自己开脱：看啊，我生命里的缺陷，是有原因的!

当我们拒绝接受自己的缺点时，就会对周遭的环境诸多挑剔，对待父母也是如此。

一切对原生家庭的苛求不过是对自己缺点的抗拒：不接受自己的坏脾气，不接受自己的婚姻问题，不接受自己不受欢迎，不接受自己的平庸……

一个连自己都无法完全接纳的人，怎么可能去接纳父母?

04

没错，我们每个人都带着原生家庭的烙印，可是并不意味着我们要将某一种生活模式延续一辈子。

可能父母的相处模式并不是很融洽，但我们与配偶的相处模式是可以由我们自己决定的；原生家庭也许给不了我们完满的爱，我们却可以选择在与下一代的爱与被爱中修复自己；也许以父母的能力并不能给我们一个好的起跑线，但是这并不意味着我们不能通过自己的努力来争取到自己想要的生活。

父母有父母的人生，我们有我们的人生。原生家庭或许会影响我们一阵子，但影响不了我们一辈子。

人还有个本事叫“自愈”。它是我们固有的一种稳定和平衡的自我恢复调节机制，这也是从母体带过来的特殊功能。

前提是，我们得让心灵重获自由，不要再沉溺于原生家庭这个怪圈。反躬自省，才能自我成长；换位思考，方可相互体谅。

每个人都无法选择自己的父母，可是每个人的生命都是父母的馈赠。当我们对原生家庭诸多不满时，不妨借用日本推理作家东野圭吾的长篇小说《时生》里的话问自己一句：你从没觉得能来到这世上真好吗？

与父母的和解，是对自己的救赎。这意味着，我们坦然拥抱了那个不完美的自己，让自己重新获得了爱的能力。

没有任何力量能让父母倒回去改写我们的童年。但是，也没有任何力量可以阻止我们亲手去书写明天，除了我们自己。

家风，是一个家庭最好的风水

01

去朋友家做客，正好看到她8岁的女儿练毛笔字。

小姑娘抿着嘴巴，专注地盯着笔尖，片刻工夫，横竖撇捺便跃然纸上，行云流水般生动起来。

小姑娘笔锋遒劲，若不是亲眼见到她书写，单凭字是断断猜不出小姑娘的年龄的。

我们一帮客人都在现场叫好，夸朋友教女有方。

朋友谦虚地说："因为祖上一直有着写字的习惯，所以就传承下来了。"

朋友的祖父，是村里学问最高的人，几乎包揽了同族人所有的对联和书信，久而久之，对书法产生了浓厚的兴趣。

朋友的父亲在耳濡目染下，也是打小就钟爱书法，目前是当地市级书法家协会的重量级人物。

朋友更是因为习得一手好字，走到哪里都令人刮目相看。

朋友说，祖父教导他们，练习写字能让人平心静气、戒骄戒躁，如果这门手艺传承下来，对后代是有益的。

朋友将这句话作为家训铭记于心，女儿5岁的时候上了书法兴趣班，朋友无论刮风下雪都会坚持送她去学习。

为了培养女儿对书法的兴趣，她带女儿参观过很多名家的书画作品展。

蔡元培曾在《中国人的修养》里写："家庭者，人生最初之学校也。一生之品性，所谓百变不离其宗者，大抵胚胎于家庭中。"

好的家风，很重要，更得益于传承。

如果将好的人品修养和生活习惯甚至一门技艺传承给子孙后代，会对后代产生深远的影响。

一门好的家风，胜过千万名校。

02

曾国藩曾为后人留下十六字家风箴言："家俭则兴，人勤则健；能勤能俭，永不贫贱。"

身为晚清重臣，曾国藩以廉率属，以俭持家，"誓不以军中一钱寄家用"。他在京城时，见到世家子弟挥霍无度，就不让子女进京居住。

夫人带着子女住在乡下老家，因手无余钱，只能事事躬亲，下厨烧灶、纺纱织布。曾氏后人无一不以勤俭著称。曾纪芬是曾国藩最疼爱的小女儿，却从未享受过贵族小姐的奢侈，穿的衣服常是姐姐们留下的。

曾国藩在家书中告诫女儿："衣服不宜多制，尤其不宜大镶大缘，过于绚烂。"

台大张心漪教授是曾纪芬的外孙女，她在回忆录里这样描述外婆：外婆从不穿戴华服，房里也没有任何摆设。一张腰子形的书桌，上面放着《圣经》、眼镜、镇纸、笔砚……衣服永远是蓝袄黑裙，缎帽缎鞋，饰物则有一根翡翠扁簪，一颗帽花，一副珠环，一只手表。几乎从无变化。

几年前，记者曾去上海徐汇区采访曾家第四代后人。

周麒老人是曾纪芬的外甥，记者这样描述他的家：进门就能强烈地感受到曾家的遗传。走进他的家：已经裂缝掉漆的地板，一米宽的小茶几，陈旧的桌椅，案头至少有几十年历史的台灯，阳台上堆满的书籍和手稿……

两百多年来，曾氏后裔有成就的多达200余人，大多成为学术、科技、文化领域的精英，堪称中国家族史上的奇观。

曾国藩并未给子女留下万贯家财，但他创立的家风却福泽绵延子孙后代无数年。

相比之下，**正确的价值观和良好的生活习惯更具有传承意义，这是无论什么时代都不会贬值的精神财富。**

04

作家钱锺书也是在家风的熏陶下成长起来的。

钱锺书的父亲是国学大师钱基博，清华有名的国文教授。他偏爱古书，平时总会看书抄书，并在摘录上写上自己的看法。他对儿子的管教也极为严格，钱锺书15岁时，还曾因读书不用功挨过打。

钱锺书读书时，除了要完成学校规定的作业外，还读古文名著。

这位被“打”出来的“博学鸿儒”，后来秉承了父亲治学严谨的风格，踏踏实实地做学问，惜时如金，淡泊名利。

钱锺书读大学期间，父亲曾写信告诫他“做一仁人君子，比做一名士尤切要”。

钱锺书做到了，即使是在战乱和政治运动期间，他也没停止工作与写作。他毕生致力于文学研究，并将中国文学艺术推向了世界。

钱锺书时刻将父亲的教导铭记于心，并以实际行动将之传承给了女儿钱瑗。

钱瑗与父亲一样，淡泊名利，从来不参加游山逛水的活动。她任北京师范大学英语系教授期间，常常被其他师范学校邀请去开会或者讲学，每每会议结束，她要不马上回到北京学校，要不就在旅馆里看书备课，很少与大家一起玩。

晚期身体不适，躺在病床上不能动弹，却仍不释卷，勤于思考。

对知识的追求让钱家几代人都活得简单而卓越。

一个家庭的人生态度和精神风貌，会在潜移默化中代代相传。

良好的家风，是一个家庭里最好的风水。

05

一个家庭在社会上的地位，很大程度上是由上一代人传下来的思维模式和生活方式所决定的。

网上曾流传一句话：培养一个贵族要三代。第一代提供资本潜力，第二代创造物质资本，第三代产生精神价值。

我们并不追求贵族的生活，但毫无疑问，培养贵族的过程，就是一个将家族优势传承的过程。心态、意志、教养、价值观、生活习惯，这些都是无形的财富。

所以，为人父母者，千万别想着安于现状。你不成长，你的孩子就会成长得更艰难。

作家艾小羊曾写过这么一句话：越是拼搏过的父母，越知道教育的重要。他们明白奋斗的艰难、人生的不容易，能将自己受过的苦，换成正确的世界观、价值观以及优良的学习、思考习惯，传承给孩子。

这种传承，才是最好的家风。

父母的眼界，就是孩子的起跑线

01

去刘姨家串门的时候，刘姨问我有没有什么适合心理学专业的工作推荐，女儿马上毕业了，连个实习单位都还没落实。

刘姨说，前几年，她听人说心理学在中国存在很大的市场缺口，据说心理咨询师入门门槛低，工作也轻松，只要跟人聊聊天就能赚大把的钱，她便坚持让女儿报了心理学专业。

结果，读了四年心理学出来，风向变了，国家取消了心理咨询师的资格证考试，入行门槛提高了。

更让她犯愁的是，她们夫妻俩一个在超市上班一个在工厂上班，接触不了心理学的相关行业，根本帮不上忙！

我建议让小妹自己去找，一来小妹自己本身就是读的这个专业，对这个行业了解得比他们多；二来，她也能挑自己最感兴趣的工作去实习。

刘姨不以为然：嗐！她还是个学生，她懂什么？

在一旁听着的小妹也附和着点头，央求我给她建议。

我问她：你对自己的未来就没有什么想法？

她摇摇头说，我听妈妈的。

我不禁叹了口气。被父母按部就班地安排了20多年的人生，小姑娘早已没了自己的想法。

父母有什么样的格局，就会给孩子规划什么样的人生。不同的孩子在各自父母的影响下，以不同的方式和不同的速度成长。

孩子的未来，其实在父母的眼界这里就见了高低。

02

电影《一代宗师》，把格局分为三重境界：见自己，见天地，见众生。

这三重境界，用在家庭教育方面也是非常贴切的，不同境界的父母对孩子未来的规划也呈现出不同的方式。

第一重境界：见自己，利益型父母。

这种父母的眼界停留在追逐利益层面，往往是眼下什么热门就送孩子去学什么，生怕自家孩子落后了讨不到便宜，甚至有些家长还会把自己实现不了的愿望转嫁到孩子身上来。

第二重境界：见天地，智慧型父母。

这种父母的眼界比较宽，看得到世界的真善美。他们尊重孩子的天性，为孩子的兴趣发展提供物质与精神上的援助，成就孩子想要的人生。

第三重境界：见众生，境界型父母。

这种父母能看到自我与世界的关联，有很强的社会责任感。他们努力提升孩子的认知，培养孩子的使命感，让孩子自己规划人生。

有句话很流行：不要让孩子输在起跑线上。

为此，很多父母拼了老命也要为孩子提供一切成长便利。殊不知，父母为孩子择兴趣、择专业、择工作、择配偶的过程，就是用自己有限的眼界捆绑孩子手脚的过程。

最好的教育是什么？

是让孩子知道自己想要过什么样的人生，并懂得为自己的人生负责。父母规划的，顶多是条跑道；孩子自己规划的，才是未来。

03

高晓松曾说：**其实让你苟且的不只是因为经济能力，更多的来源于视野上的盲区，因为那些人觉得生活就应该只有一条路径。**

我觉得这句话说得非常好。

而且，视野上的盲区，还会代代相传。

我原来认识一个很漂亮的女孩子叫静静。

静静很勤奋，自制力超强。我们喝茶聊天的时候，她一直在学英文，我曾亲眼目睹她在两个月之内背完一本四级英语字典。

静静说，她最大的梦想就是进五星级酒店工作，因为她妈妈告诉她，只有那里有钱人最多。

原来，静静妈早就给静静规划好了一条“人生捷径”。

静静妈认为女儿能跨入上流社会最快的方式就是去“富人”聚集地工作，她还找人打听了进五星级酒店当服务员的标准：人要够漂亮，声音要好听，英文要好。

所以，静静妈从来不吝啬对女儿的打扮，还督促她学英文，为了让女儿说话轻言细语，还为女儿找了份话务员的工作。一切的努力，只为了终极目标：嫁人。

静静父母关系不是很好，经济条件也不宽裕。静静妈吃够了婚姻的苦，才觉得嫁人很重要，但她理解的“好”姻缘，却不是嫁个对的人，而是嫁个有钱人。

后来，静静果真去了某一线城市做酒店服务员，我们不久就失去了联系，她有没有钓到金龟婿也不得而知。

其实，**以静静的努力程度，她完全有能力为自己挣得想要的生活，但是她却看不见。**

也许她根本也没想过自己要过什么样的生活，只是在延续母亲的意志而已。

04

之前看过一篇有关杨澜育儿方式的报道。

身为典型的成功女性，杨澜对孩子的教育丝毫不像“精英阶层”的作风。

她为孩子挑选学校的标准是“学风好就行”，她曾刻意让孩子去上北京的公立学校，因为公立学校的学生都来自不同的家庭背景，这样孩子能接触到一个真实的社会。

没有请过家教，也不做任何课外辅导，兴趣培养都是尊重孩子的选择，从不强加自己的意志给孩子。

在杨澜看来，**作为一名母亲，最大的任务就是要培养孩子健康的人格和思维方式。**

她身体力行地培养孩子好的生活习惯和品性。

她和孩子一起滑雪，打网球，去体育场，引导孩子热爱运动；

她带孩子去给智障儿童做绘画辅导，培养孩子的慈悲心和社会责任感；

她鼓励孩子们表达自己的意见，给他们信心。

她从不对孩子们的未来做刻意规划，只希望孩子正直、做自己喜欢做的事就好。

她说，一个智慧的妈妈应该是为孩子们打好基础，至于孩子将来做什么，妈妈是无法设计的。

独立自由的孩子，会有自己的人生目标，他们不会被外界的虚荣和功利蒙蔽心智，在辉煌的时候不会忘乎所以，在落魄的时候不会怨天尤人，这样的孩子，不愁过不好这一生。

境界高的父母，都会努力提升自己的格局，让孩子站在自己肩上能看到他们想要的东西。

给孩子插上飞翔的翅膀，这才是最牛的起跑线啊！

50分的父母教不出100分的孩子

有一天，我在早餐店看到戏剧性的一幕。

一对打扮入时的夫妻带着孩子去吃早餐，男人和女人各点了一份面条，孩子指着隔壁桌上的水饺说要吃饺子。

“真不巧，包好的饺子刚刚卖完！不过我们有现成的皮和馅儿可以马上包，就是要麻烦您多等几分钟了！”服务员是个年纪不大的小姑娘，语气诚恳，满脸热情。

男人不耐烦地挥挥手：“赶紧去包！赶紧去包！”

不一会儿，两碗面条上来了，孩子看着爸爸妈妈吃，馋得直流口水，一个劲儿地要自己的饺子。孩子一边吭吭唧唧，一边挥舞着两只小手不断地拍打着桌子，很快，夫妻俩就坐立不安了。

男人朝着小姑娘大声嚷嚷：“喂！我们的饺子好了没有？”

得到“还没好”的回应，男人皱着眉催说快点，女人也跟着摇头叹气，表示不满。

隔了一两分钟，女人也跟着问：“饺子还要多久啊？”

服务员小姑娘耐心地解释说要再等一会儿，很快就好了。

男人突然就爆发了：“你们店是怎么开的？早上那么多人吃早

餐，就不知道多包一点饺子准备着吗？”

小姑娘讪讪地笑着，一声不吭。

男人穷追猛打地责难：“问你话呢服务员？你爱理不理的什么态度啊？！”

女人也跟着附和说：“服务太差劲了，以后不来这里吃早餐了！”

夫妻俩平地炸雷般的高音把店里所有客人的眼光都吸引过来了，场面无比尴尬。幸亏此时饺子争气地来了。男人灭了火气，低头继续吃面，女人也不再多说什么。

不一会儿，男人吃完面，起身跟孩子说：“仔仔继续跟妈妈吃早餐，爸爸先上班去了啊！”

女人温柔地吩咐孩子：“仔仔，跟爸爸拜拜！”孩子一声不吭地吃着饺子，没听见似的。

女人又提醒了一遍：“仔仔，爸爸要上班去了，跟爸爸说再见，小朋友要懂礼貌哦！”孩子依然充耳不闻。

男人无奈地离开。

看着一对不懂礼貌的父母教导自己的孩子要懂礼貌，真的是件很匪夷所思的事情。

就像我看到的这对夫妻，吃个早餐觉得自己就是世界之王，对服务人员呼来喝去，平日里估计也是一副唯我独尊的样子。孩子生活在这样的家庭环境中，自然会被潜移默化，以自我为中心，理所当然地认为全世界都该围着他转。

给了孩子一个粗俗的生长环境，还想要求孩子懂“礼貌”，听起来很滑稽。他们可能小看了孩子的模仿能力。

父母是孩子心中最重要的人，言行举止无时无刻不在影响着孩子，改变着孩子与这个世界的相处模式。

从孩子身上，一定能看到父母的影子。

每每听到有家长苦恼说孩子爱玩手机，我的第一反应就是家长没有以身作则。因为我是有过亲身经历的。

我原来是个手机不离手的人，一两个小时不刷朋友圈就感觉不自在。渐渐地，孩子对我的手机产生了浓厚的兴趣，任何玩具都没有手机有吸引力，每天晚上睡觉前他都要拿我的手机看视频或者玩汤姆猫。

我曾忧心忡忡，担心他的视力会因此受到影响，多次强力制止他玩手机。每次手机被夺，孩子都委屈得泪水涟涟。

不过，没多久情况就发生了改变。

自我开了个人公众号以后，因为文章输出的需要我必须坚持阅读，原来玩手机的习惯变成了看书。沙发上、餐桌上、床头，都摆着我的书，孩子玩玩具的时候，我就随时拿着书进行碎片阅读。

渐渐地，孩子睡觉前不再寻找手机，而是去书柜里搬出他的绘本，要我陪他一起阅读。从最开始的几分钟，到现在的半小时，亲子阅读成了我们睡前的必备功课。

无意间促成了孩子的一个好习惯，让我惊喜不已。同时也让我豁然开朗：所有的培养和管教，都不如言传身教。有什么样的父母，就会有什么样的孩子。

家庭是孩子一生中最重要的学校，父母是孩子一生中最重要的老师。父母的人品修养、生活习惯和处事方式都会对孩子一生的发展产生最深远的影响。

父母沉迷追剧和刷朋友圈，孩子自然会跟着迷恋电视和手机；父母从不控制自己的脾气，孩子必定也是性情急躁；父母不断地撒谎，孩子就无法诚实；父母不好学，孩子也很难成为一个爱学习的人……

父母往往是孩子坏习惯的始作俑者。

孩子就像一面镜子，真实地反映着我们的各种缺陷。不及格的父母培养不出优秀的孩子，这道理就好像：贫瘠的土壤里开不出灿烂的花。

要成就孩子，先成就自己。

夫妻和睦、与人友善，才能培养孩子爱的能力；谈吐得体、举止得当，才能建立起孩子为人处事的规则。孩子的智商、情商和价值观，都隐藏在我们的一言一行里。

提升自己的品德修养，培养良好的生活习惯，是每个父母必修的功课。懂得自我教育、不断成长的父母才是孩子一生中最贵的名校。

我们常说“教育孩子”，其实是孩子在引领我们成长，只有我们成为更好的父母，孩子才会带给我们惊喜。

50分的父母教不出100分的孩子。

因为：我们在做，孩子在看。

你不努力，就轮到你的孩子加倍努力

大李和小李是堂兄弟，俩人的孩子同年参加的高考。

大李的儿子马上就要进入北京一所985名校开始大学生活了，小李的儿子只收到一堆高职高专的广告单。

小李愁得很，准备安排儿子复读。眼看着又快开学了，儿子还天天沉迷于玩游戏打桌球，一副烂泥扶不上墙的模样。小李给远在广东的大李打电话：哥，我这辈子只能指望伢仔出息了，老家教育质量不行，我把他送广东去读书，你帮我联系个好学校吧？

大李告诫他：**自己不思进取，一心指望着孩子争气是不可能的。**

20年前，大李和小李一起南下打工。小李无法忍受工厂的长期加班，没坚持两年就回老家了。后来，种地嫌辛苦，学手艺嫌复杂，这些年的收入主要就靠接些拆装空调的活儿，偶尔也去街上跑跑电三轮，没事就泡在牌桌上。对儿子的管教，小李向来只遵循一个原则：考不好就打。

大李勤勤恳恳，从流水线做到主管，从小工厂跳到世界五百强，一路走来吃了不少苦。多年的打拼经历让他明白如何去培养孩子独立面对社会的能力，而且他也一直在竭尽所能地为儿子创造更好的条件。孩子有着过硬的心理素质和超强的领悟能力，学习从来不让大李操心。

大李说得没错，兄弟俩的实力悬殊是小李为儿子换多少学校也无法弥补的。

有句话说：**这世界上有三种笨鸟，第一种是先飞的；第二种是嫌累不飞的；第三种，是自己飞不起来，就在窝里下个蛋，让下一代使劲飞的。**

小李就是第三种。自己不上进，却指望着孩子能通过努力改变家庭的命运。他把教育的责任全推给学校，从没认真思考过，自己的孩子有什么资本可以与其他孩子竞争未来。

大李是第一种，先天条件不好，但是以勤补拙。能把短板补上，孩子的起点自然也就高了。

一个孩子的家庭背景，决定了他能接触到的资源，也决定了他的眼界与见识。家庭氛围影响他的学习态度，父母的社会资本和经济资本则关系着他需要努力的程度。

有一期《奇葩说》上，张泉灵讲了一个她在做公益时发生的真实故事。

她所参与的慈善组织给聋儿植入人工耳蜗。聋儿面临的实际情况是：若在7岁之前不植入人工耳蜗，他就听不见这个世界的声音，也意味着无法开口说话。

当时基金会碰上两个家庭：

第一个家庭，赤贫，不仅交不起20万耳蜗植入的费用，甚至自己家都揭不开锅，父母完全没有受过任何的教育。

第二个家庭，月收入4000，在当地的小镇算一般之家，也负担不起20万耳蜗植入的费用，但孩子的父母读过高中。

当时基金会所做的决定是，把唯一的机会给第二个家庭。慈善机构的考量是：**要把从爱心人士兜里捐出来的每一分钱，都发挥出最大的效能。**

张泉灵说：聋儿植入了人工耳蜗之后能不能讲话，很大程度还依赖于父母能不能教他。所以如果父母受过教育 ，能维持一个正常的家庭，会让这20万块钱的植入变得更有价值。

这是一个辛酸的故事，基金会的处理却在情在理。**面对稀缺资源，有能力把资源最大化利用的人才是资源的最佳归属。对于这两个残疾孩子来说，父母能创造的教育环境，就是他们能在这个世界翻盘的筹码。**

做慈善如此，我们的日常生活更是如此。

在温饱线挣扎的家庭，父母为了子女的生活就已经拼尽了全力，在教育方面往往处于弱势，别说早教、名校这些设备了，就连最基本的陪伴，都是很困难的。

所谓的“小资家庭”则不然，父母不仅可以保障孩子物质上的需求，更有精力注重孩子的心理教育，扎实的经济条件也能给孩子创造良好的教育环境。

40年前，大部分人都出身寒门，吃不饱，穿不暖，教育水平不相上下。为什么40年后，阶层分化会变得这么严重？

因为，**我们的社会在发展，竞争在加剧。**

那些有胆识、有远见、敢吃苦的人，占领了金字塔的上层，他们的孩子站在他们的肩膀上，越爬越高。

那些不敢冒险、格局有限的人，长期处于金字塔的中下层，他们的孩子由于各种资源的匮乏和眼界的限制，即使是天资聪颖也会被各种二代轻松碾压，越来越难以翻身。

我们的父辈，只需要跟人拼努力；我们这一代，需要跟人拼出身和努力；我们的孩子呢？他们可能好不容易才能找到一条通往罗马的路，而面对生在罗马的人，却连竞争资格都没有。

其实，孩子与孩子之间在先天上的智力不会有多大差异，而父母与父母之间却是千差万别。家庭、教养、价值观、生活习惯，都是影响孩子后天发展的重要因素。

不断进取、拓宽视野的智慧型父母，是孩子最大的财富。孩子能够站在优秀父母的肩膀上，眼界自然更开阔，世界观也会大不相同。

所以，为人父母者，千万别想着安于现状。不然，**将来需要为你的懒惰买单的，不仅有你自己，还有你的孩子。**指望着靠孩子逆转自己失意的人生，那都是在给孩子挖坑。

你不努力，就轮到你的孩子赔上几倍的努力。

教孩子听话，不如听孩子说话

有一天，我家孩子突然变结巴了。

孩子两岁半，刚刚上早教班，半日托管。那天把他从早教中心接出来吃午饭，我发现他有点不对劲。

他平时点菜的时候会对着菜单上的图片问我“妈妈，这是什么呀”，那天，他点了十几张图片，问的都是：“妈妈，这——这——这——这是什么呀？”

我没怎么当回事，猜想可能是看到别的小朋友说话口吃，他学着好玩吧，应该过几个小时就好了。

然而，事情并没有我想象的那么简单。从下午到晚上，他说话一直是这样。睡觉前，他翻开他的《小猪佩奇》绘本开始讲述故事内容：佩——佩——佩奇有个弟——弟——弟——弟叫乔治。

他看书一向认真，况且《小猪佩奇》是他近期最熟悉的绘本，不像是在开玩笑或是在犹豫。我换了另外一本他熟悉的书，指着他平时如数家珍的交通工具，问他认识哪一些。他把手指点在拖拉机的地方，吃力地说：这是拖——拖——拖——拖——拖——拖……

他的小脸憋得通红，那到了嘴边的“拉机”二字也没有说出来，最后，他挫败地低着头请求我：妈妈说。

此刻，我才确定他不是故意的。

我找老师了解过，和他一起玩的小朋友没有口吃的情况，当天也没有发生任何让他产生惊恐或者不快的突发事件。这个变化来得毫无征兆。没有任何头绪，我只能自己慢慢去摸索他的心结。

慢慢地，我发现孩子在两种情况下不口吃：唱歌和背唐诗。这是他最喜欢的两件事情，他在婴儿期就表现出对节奏和韵律的极大兴趣，我也曾刻意培养他这两个方面的爱好。在唱歌和背唐诗的时候，他永远都是兴高采烈的。

这就说明，只有让他说话时完全放轻松，他才能恢复正常。

我查阅了很多心理学方面的书籍和网络资料，所有针对口吃的办法都无一例外的是让孩子放轻松，鼓励他勇敢地表达自己，这与我的预想也不谋而合。

家人和老师都达成一致协议：不刻意提醒他矫正，尽量让他情绪放松，他说话时我们都耐心地听，等待他把意思表达清楚。

有天晚上，他想坐商场门口的游乐车。

游乐车有两个位置，他兴冲冲地爬上车后，坐在右边的位置。同时，左边来了另外一个小妹妹，想与他同坐。小妹妹在往车上爬的时候，孩子迅速伸手打人，我本能地呵斥住了他。

他缩回了手，但眼里却泛着泪花，嘴巴瘪着，一副很委屈的模样。

想到最近他一直想表达却表达不出来的状况，我转变了态度，轻声问他：为什么要打人呢？

他拍拍左边的位置说：这——这——这——这——里——妈妈坐。

我这才反应过来，之前他坐游乐车，一直是我陪着他的，我习惯坐他左边。原来，在他心里，那个位置是预留给我的。

如果我没有尝试去倾听他内心的想法，我只会觉得这是一个爱攻击人的小孩，并愧疚自己没有把他教育好。

幸好是多问了这么一句，我才知道，打人并不是他的本意，只是他觉得妈妈的位置受到了侵犯。**可能这种场景很多家长都很熟悉吧！我们总想让孩子好好听话，却从未想过要好好听孩子说话。**

可是，倾听并不是一件多余的事情，有时候它比训导更重要。**了解了孩子的动机再去引导他们的行为，比强加意志更有效。**

经历了游乐车这件事，我越发觉得孩子是在以一种特殊的方式在提醒我们：**他需要大人倾听他的心声。**

因为说话常被打断或忽视，自己的意愿无法表达出来，便索性不表达，或者是想表达自己的时候就变得很紧张。

与此同时，我也发现孩子与他爸爸之间的关系突然变得很微妙。

我们在网上购置了一台孩子期待已久的儿童自行车，他爸爸花了两三个小时来组装零件。当时孩子很高兴，一直围着爸爸跳呀蹦呀，还一直念着要给爸爸帮忙。

隔天，我问他，这个是爸爸花了很多心血拼起来的，爸爸是不是很厉害？

平时，爸爸就是他的不二偶像，爸爸能解决很多妈妈不能解决的问题，在他心里，爸爸是无所不能的。所以，每次我们有类似这种对话，他就会自豪地说：爸爸最厉害！

然而这一次，他并没有表现出我意料中的得意劲儿，他歪着头对我说：爸爸不高兴！

我想起那天下午，孩子兴冲冲地摸零件，在他爸爸面前晃来晃去，阻挠了组装车子的进程。他爸爸心急，不耐烦地责备过他几次。

孩子哪能读懂大人变相的支持，当他迫不及待的心情不被理解，他只会误以为爸爸不愿意帮他组装车子，认为自己并不受爸爸喜爱。

那几日，他对爸爸的态度也是表里不一。每天他都会不停地问我：爸爸去哪里了？爸爸什么时候下班？

可是，当爸爸抽午休时间出来陪他吃饭时，他会发脾气赶爸爸走，说不想跟爸爸一起吃饭。

这种状态很让我紧张。父母离开时情绪波动大，但在父母回来时心里渴望与父母的接触却同时也表现出反抗情绪，在心理学上称为**“矛盾型依恋”**，是孩子缺乏安全感的一种表现。

孩子的话需要我们倾听，孩子心底的声音同样需要我们倾听。当他们的想法不被接纳，情绪不被接纳，亲子关系就很容易受到破坏，从而产生不安全感。

拒绝倾听，是亲子关系中最大的杀手。

这段时间，我不敢确定孩子不同的异常表现之间是否有什么关联，但我可以确定的是，每一个异常举动都在指向一个意愿：**他需**

要大人更多的耐心。

发现问题后，我们做的最大的努力就是听他说话。

在我们努力的同时，孩子也有了些转变。首先是结巴的问题在慢慢克服了。原来一句一结巴的，变成了偶尔结巴。更让人欣喜的是，昨天吃完晚饭后有两个小时，他一直在滔滔不绝地说话，却完全没有犯过一句结巴。

虽然问题没有完全解决，但恢复正常指日可待。

他心里应该明白，不管他说得再慢、再卡，我们都会耐心地等待他把每一句话说完，他也因此不紧张了。

此外，他也越来越爱表达内心的想法。和爸爸说好去体育公园玩球，爸爸失约，他会不断地提醒说“爸爸说话不算话”。而在此之前，发生过无数次这样的情况，他都是逆来顺受，任由父母安排。

可能只有在确定自己会被倾听、会被尊重之后，他才会敞开心扉，把最真实的想法说给我们听。

伏尔泰说：“耳朵是通往心灵的路。”只有学会倾听，才能真正走进孩子的内心世界；也只有学会倾听，孩子才能感受到父母的爱与尊重。

与其说这是孩子成长路上的一场挑战，不如说是我们教育路上的一堂警示课，它让我们反省，如何才能成为更好的父母。

让孩子听话，不如好好听孩子说话。

孩子，别急，你说的每一句，爸爸妈妈都会认真听。